Valery Larbaud

Fermina Márquez

Gallimard

Illam, quidquid agit, quoquo vestigia movit,
Componit furtim subsequiturque Decor.

(Tibulle, IV, 2.)

I

Le reflet de la porte vitrée du parloir passa brusquement sur le sable de la cour, à nos pieds. Santos leva la tête, et dit :

« Des jeunes filles. »

Alors, nous eûmes tous les yeux fixés sur le perron, où se tenaient, en effet, à côté du préfet des études, deux jeunes filles en bleu, et aussi une grosse dame en noir. Tous quatre descendirent les quelques marches et, suivant l'allée qui longeait la cour, se dirigèrent vers le fond du parc, vers la terrasse d'où l'on voyait la vallée de la Seine et Paris, au loin. Le préfet des études montrait aux parents des nouveaux élèves, une fois pour toutes, les beautés de son collège.

Comme les jeunes filles passaient le long de la grande cour ovale, où les élèves de toutes les classes étaient réunis, chacun de nous les dévisagea à son aise.

Nous étions une bande d'effrontés, de jeunes roués (entre seize et dix-neuf ans) qui mettions notre honneur à tout oser en fait d'indiscipline et d'insolence. Nous n'étions pas élevés à la française, et, du reste, nous Français, nous n'étions qu'une bien faible minorité dans le collège; à tel point, que la langue en usage entre élèves était l'espagnol. Le ton dominant de l'institution était la dérision de toute sensiblerie et l'exaltation des plus rudes vertus. Bref, c'était un lieu où l'on entendait cent fois par jour, prononcés avec un accent héroïque, ces mots : « Nous autres Américains. »

Ceux qui disaient cela (Santos et les autres) formaient une élite dont tous les élèves *exotiques* (Orientaux, Persans, Siamois) étaient exclus, une élite dans laquelle, pourtant, nous Français étions admis, d'abord parce que nous étions chez nous, dans notre propre pays, et ensuite parce que, comme nation, historiquement nous valions *presque* la race au sang bleu, la gent de raison. C'est là un sentiment qui paraît perdu, aujourd'hui, chez nous : on dirait que nous sommes des bâtards qui évitons de parler de nos pères. Ces fils des armateurs de Montevideo, des marchands de guano du Callao, ou des fabricants de chapeaux de l'Équateur, se sentaient, dans toute leur personne et à tous les instants de leur vie, les descendants des Conquistadores. Le respect qu'ils avaient pour le sang espagnol, — même lorsque ce sang était, comme chez la plupart d'entre eux, un peu mélangé de sang indien, — était si grand, que tout orgueil nobiliaire, que tout fanatisme de caste semble mesquin, comparé à ce sentiment-là, à la certitude d'avoir pour ancêtres des paysans de la Castille ou des Asturies. C'était une belle et bonne chose, après tout, que de vivre parmi des gens qui avaient ce respect d'eux-mêmes (et ce n'étaient que de grands enfants). Je suis sûr que le petit nombre d'anciens élèves restés en France se rappellent aujourd'hui avec reconnaissance notre vieux collège, plus cosmopolite qu'une exposition universelle, cet illustre collège Saint-Augustin, maintenant abandonné, fermé depuis quinze ans déjà...

C'est parmi les souvenirs d'une des plus glorieuses nations de la terre que nous y avons grandi ; le monde castillan fut notre seconde patrie, et nous avons, des années, considéré le Nouveau Monde et l'Espagne comme d'autres Terres Saintes où Dieu, par l'entremise d'une race de héros, avait déployé ses prodiges. — Oui, l'esprit qui dominait chez nous était un esprit d'entreprise et d'héroïsme ; nous nous efforcions de ressembler aux plus âgés d'entre nous, que nous admirions : à Santos, par exemple ; à son frère cadet Pablo ; naïvement nous imitions leurs manières et jusqu'au son de leur voix, et nous avions, à les imiter ainsi, un plaisir extrême. Voilà pourquoi nous nous tenions tous, à ce moment, près de la haie de myrtes qui séparait la cour de la grande allée du parc, domptant notre timidité pour admirer, avec une impudence voulue, les étrangères.

De leur côté, les jeunes filles soutinrent hardiment tous les regards. L'aînée surtout : elle passa lentement devant nous, nous regarda tous, et ses paupières ne battirent pas une seule fois. Quand elles eurent passé, Pablo dit à très haute voix : « Jolies filles »; c'était ce que nous pensions tous.

Puis, chacun, parlant courtement, donna son opinion. En général, la plus jeune des deux sœurs, celle qui avait sur le dos une épaisse queue de cheveux noirs nouée en papillon d'un large ruban bleu, la « petite », fut jugée insignifiante, ou du moins trop jeune (douze, treize ans, peut-être) pour être digne de notre attention : nous étions de tels hommes!

Mais l'aînée! nous ne trouvions pas de mots pour exprimer sa beauté; ou plutôt, nous ne trouvions que des paroles banales qui n'exprimaient rien du tout; des vers de madrigaux : yeux de velours, rameau fleuri, etc., etc. Sa taille de seize ans avait, à la fois, tant de souplesse et de fermeté; et ses hanches, au bas de cette taille, n'étaient-elles pas comparables à une guirlande triomphale? Et cette démarche assurée, cadencée, montrait que cette créature éblouissante avait conscience d'orner le monde où elle marchait... Vraiment, elle faisait penser à tous les bonheurs de la vie.

« Et elle est chaussée, habillée et coiffée à la dernière mode », conclut Demoisel, un grand nègre de dix-huit ans, une brute, qui avait coutume d'affirmer, sans vouloir s'expliquer mieux, que sa propre mère était « Pahisienne de Pahis » et la reine du bon ton à Port-au-Prince.

II

Maintenant il nous fallait des renseignements précis; nous n'allions certes pas nous asseoir à l'écart, en écoliers bien sages, et regarder dans notre cœur. D'abord, il fallait savoir qui *elle* était.

Ortega était, parmi nous, le seul Espagnol originaire de la métropole et, pour cette raison, nous le traitions avec déférence. Santos, en cela encore, nous donnait l'exemple. Il tenait à bien montrer au jeune Castillan qu'il n'avait rien, lui, Santos Iturria, de Monterrey, absolument rien d'un vulgaire et grossier parvenu américain, d'un « cachupin ». Lui, qui dominait par la force et la parole notre petit monde, il cédait le pas, volontairement, en bien des choses, à ce faible, indolent, taciturne Ortega. C'est ainsi que, dans cette circonstance, il lui demanda tout d'abord son avis. Ortega observait la vie du collège, les petits événements quotidiens, les allées et venues des maîtres et des élèves. Il répondit qu'il pensait que ces jeunes filles étaient les sœurs de Márquez, un nouveau, entré en cinquième depuis peu de jours. Il avait deviné juste.

En lui tordant longtemps le poignet, Demoisel arracha au petit Márquez d'abord le prénom de sa plus jeune sœur, Pilar; puis en serrant un peu plus, il sut le prénom de l'aînée, Fermina. Nous étions là, regardant cette scène de torture : le nègre vociférant dans la figure de l'enfant, l'enfant le regardant bien en face et sans rien dire, des larmes coulant sur ses joues. Ce courage-là s'accorde mal avec le mensonge : Márquez ne nous trompait pas. Nous avions donc un mot maintenant, un nom à nous répéter tout bas, le nom entre tous les noms, qui la désignait : Fermina, Ferminita... des lettres dans un certain ordre, un groupe de syllabes, une chose immatérielle et qui pourtant porte en soi une image et des souvenirs, enfin quelque chose d'*elle :* on dit ce mot à voix haute, et, si elle est là, vous avez fait retourner cette belle jeune fille. Oui, un prénom à écrire sur nos cahiers, en marge des brouillons de thèmes grecs, pour l'y retrouver après des années, et prononcer, en le retrouvant, gravement, avec une émotion profonde, de stupides paroles de romance...

Santos dit à Demoisel : « C'est assez de brutalité comme cela; lâche-le, va. Lâche-le donc! » Le nègre obéit à contrecœur. Là-dessus, le petit Márquez, se mettant à parler de bon gré, nous apprîmes que la grosse dame qui accompagnait Pilar et Fermina était, non leur mère, — leur mère était morte, — mais leur tante, une sœur du père Márquez. Le père Márquez était un des grands banquiers de la Colombie. N'ayant pu accompagner ses enfants en Europe, il les avait confiés à cette sœur qu'on appelait familièrement : Mama Doloré. C'était une créole de quarante ans environ, qui avait été belle, et qui avait encore, dans un visage aux traits empâtés, de grands yeux humides, aux regards trop ardents, pathétiques. Les trois enfants et leur tante resteraient en France pendant quatre ans, puis iraient passer deux années à Madrid au bout desquelles ils rentreraient tous à Bogotá. Mais il y eut quelque chose qui nous plut, surtout : Mama Doloré et ses deux nièces viendraient passer toutes les après-midi à Saint-Augustin, jusqu'à ce que Márquez fût habitué à la vie de collège, et n'eût plus besoin, pour lutter contre le désespoir, de sentir sa famille tout près de lui.

Ainsi, nous allions voir, tous les jours, pendant les deux longues récréations de l'après-midi, Fermina Márquez passer dans les allées du parc. Nous n'avions jamais eu peur de quitter la cour, en dépit des règlements, pour aller fumer dans le parc ; et maintenant, à plus forte raison... Il fallut rentrer en étude. Cette fin de récréation ne ressemblait pas à toutes les autres ; la vie était toute changée ; chacun de nous sentait en soi-même son espérance, et s'étonnait de la trouver si lourde et si belle.

III

Nous nous disions : « Si quelqu'un doit l'avoir, c'est Santos qui l'aura ; à moins que Demoisel, ce sauvage, ne la prenne de force dans un coin du parc. » Iturria lui-même comprit qu'il devait surveiller le nègre, tout en faisant sa cour à Fermina. Du reste, nous trouvions le moyen d'être une dizaine près des jeunes filles.

C'était assez facile : après nous être montrés pendant quelques minutes dans la cour des récréations, nous nous échappions, en sautant la barrière à claire-voie et en nous glissant, courbés, entre les feuillages des massifs. Pendant ce temps, des gosses faisaient le guet.

Dans le parc, nous retrouvions le petit Márquez en promenade avec sa tante et ses sœurs. Nous lui disions bonjour ; nous faisions de beaux saluts aux dames. Peu à peu, nous en vînmes à accompagner, en groupe, Mama Doloré et ses nièces. Mais nous étions toujours sur le qui-vive et prêts à nous cacher dans les taillis à la première alerte, car certains jours les surveillants faisaient du zèle et nous donnaient la chasse.

Ces promenades étaient très agréables. Les jeunes filles parlaient peu, mais nous les sentions près de nous, et Mama Doloré nous contait de belles histoires de son pays; ou bien elle nous faisait part de ses premières impressions de Paris, des mille étonnements qu'elle avait chaque jour. Elle avait loué un grand appartement, avenue de Wagram; mais elle n'y rentrait que pour se coucher, parce que les magasins (tant de magasins!) étaient une tentation trop forte; elle et les « petites » prenaient leurs repas dans les restaurants du centre, pour être plus près des « occasions »; et encore il fallait être tous les jours à une heure à Saint-Augustin; et alors... « et alors, les six domestiques, dans l'appartement de l'avenue Wagram, devaient avoir du bon temps »! Elle était singulière, trop bien habillée, trop parfumée, et mal élevée, et charmante; elle fumait nos cigarettes et, quand elle s'adressait à l'un d'entre nous, elle l'appelait « Queridín », avec le ton d'une amoureuse. Santos disait : « Ah! quand la nièce m'appellera queridín! »

Le parc s'ouvrait autour de nous, avec de nobles allées, larges et hautes entre les frondaisons épaisses, bien taillées, semblables à des murs et à des terrasses de verdure, — avec des taillis, où, dans une ombre verte et noire, émouvante, montaient les fûts des chênes engainés de lierre

18

et de mousse. Il y avait, dans ce parc de Saint-Augustin, des avenues dignes de Versailles et de Marly. On y voyait, çà et là, d'énormes arbres troués par les boulets de la dernière guerre, mais qui avaient survécu, leurs grandes plaies bouchées avec du plâtre goudronné. Et il y avait surtout la terrasse avec son immense escalier central, et sa statue de saint Augustin, toute dorée, dominant toute la vallée. C'est la vallée de la Seine, le pays royal, où les routes et les forêts semblent continuer les beaux parcs, — où des oiseaux chantent toujours. C'est le commencement de l'été : on respire; et l'on sent jusqu'au fond du cœur la douceur de la France.

IV

Il y avait, près de la serre, un emplacement aménagé pour le tennis. C'était un jeu de filles, que nous méprisions, « un jeu de Yankees ». Pour plaire à Fermina, Santos et Demoisel mirent le tennis en honneur. Nous fîmes venir des raquettes, des chaussures spéciales; ce fut très beau. Fermina Márquez s'animait beaucoup en jouant; sa force et son agilité étaient admirables; en même temps elle savait garder une noblesse et une majesté d'allure que les mouvements les plus rapides ne troublaient pas. On portait alors des manches larges et ouvertes; chaque fois que la jeune fille levait le bras, sa manche tombait, glissait peu à peu jusqu'au-delà du coude. Je m'étonne encore qu'elle ne sentît pas tous nos regards curieux et avides collés pour ainsi dire à son bras nu. Un jour, comme elle venait de remettre à Santos sa raquette, la partie finie, Santos, devant elle, baisa le manche de cette raquette.

« Vraiment, vous aimez tant que ça les raquettes ?

— Et plus encore la main qui les a tenues. »

Santos lui avait saisi le poignet, et y appuya ses lèvres. Elle retira sa main brusquement, et son bracelet, qui s'était ouvert, tomba. Santos le ramassa en disant qu'il le gardait.

« Vous n'oseriez pas!

— Oh! je ferai mieux : je vous le rapporterai, chez vous, à Paris, ce soir, à onze heures.

— Quelle blague!

— C'est comme je vous le dis. Avertissez seulement le concierge, pour qu'il me laisse passer, — et surtout n'en dites rien à M. le préfet des études.

— Mais c'est un coup à vous faire expulser ? »

Santos haussa les épaules et désigna d'un clin d'yeux Mama Doloré qui s'approchait, suivie de Pilar, de Márquez et de Léniot, un élève de seconde qui avait gagné la confiance de la créole en défendant Márquez contre les taquineries de ses condisciples. — Puis à mi-voix : « Un coup à me faire expulser ? Ah! Je l'ai déjà essayé ce coup, — n'est-ce pas, le nègre ? » Demoisel répondit par son rire bizarre : « Ahi, ahi! »

V

C'était la première fois que Santos Iturria et
Demoisel faisaient allusion, devant nous, à leurs
équipées nocturnes. Pourtant, c'était le secret de
Polichinelle! Je me suis toujours demandé pourquoi ils s'obstinaient à n'en rien dire. Depuis
deux ans, cela durait. Chaque semaine, à certains
jours, on voyait Iturria et Demoisel descendre du
dortoir, au lever, avec les yeux ternis et les traits
tirés d'hommes qui n'ont pas dormi. L'air acca-
blé, les oreilles bourdonnantes, ils ne venaient
en étude que pour dormir, derrière une muraille
faite de dictionnaires. Aux récréations, ils ne paraissaient ni dans la cour, ni dans le parc; mais,
lorsque nous rentrions en classe, nous les voyions
se glisser hors des « turnes » où étaient les pianos,
et se cacher dans nos rangs avec la démarche
lourde de gens à demi sommeillant. Santos avait
une pâleur qui lui seyait bien; quant au nègre,
il avait l'air d'un pitre mal grimé, une tête bar-
bouillée d'encre et de chocolat. En classe encore,

ils dormaient : Demoisel, qui était un cancre, et qui, pour cette raison, était assis au dernier banc, faisait, sans se gêner, un bon somme, la tête appuyée au mur, les jambes allongées. Santos au contraire, qui était le premier de sa classe, dormait accoudé à la table, le buste droit. Il disait à son voisin, avant de s'endormir :

« Si l'on m'interroge, touche-moi le bras. »

Le soir seulement, au réfectoire, ils semblaient s'éveiller.

Et alors, ils se lançaient des regards d'intelligence, sérieusement, comme pour se demander si vraiment cela allait mieux. Nous qui devinions la cause de leur fatigue, nous les admirions sans rien dire. Ce sommeil qu'ils étalaient devant nous toute une journée, ces mystérieuses façons de complices, cet air, enfin, d'hommes qui ont « fait la fête » toute la nuit, piquaient notre curiosité, et nous faisaient désirer des plaisirs que nous ne connaissions pas encore. Ils se rendaient compte du prestige que ces expéditions leur donnaient à nos yeux, et je me demande, aujourd'hui, s'ils n'avaient pas, à nous montrer leur mauvaise mine de noctambules, autant de plaisir qu'à l'acquérir, cette mauvaise mine, dans les cafés et les restaurants de Montmartre, en s'amusant. Car c'était à Montmartre qu'ils accomplissaient leurs exploits; de cela nous avions eu les preuves : en classe de philosophie, des notes de soupers, aux en-têtes de célèbres restaurants de la Butte, avaient circulé de main en main, des *additions* au bas desquelles, parfois, le total des francs s'exprimait par trois chiffres!

On ne sut jamais comment ils sortaient du parc, ni comment ils faisaient pour rentrer au dortoir en pleine nuit, quelques heures à peine avant le lever. Avaient-ils acheté la discrétion du garde de nuit, des veilleurs? Avaient-ils des intelligences avec quelqu'un dans le village? C'est probable. On disait que le professeur d'équitation, établi hors de Saint-Augustin, leur louait des chevaux. A cheval, donc, ils allaient à la gare la plus voisine, et, en vingt-cinq ou trente minutes, les deux compagnons étaient à Paris. Au retour, ils retrouvaient les chevaux, laissés dans une écurie d'auberge, et galopaient jusqu'au collège. Fermina Márquez n'avait pas tort : il y avait là de quoi se faire expulser, et de quoi faire chasser une partie du personnel, en même temps. D'ailleurs, toutes ces choses ne furent connues des autorités du collège que beaucoup plus tard, alors que les coupables et leurs complices avaient quitté Saint-Augustin depuis plusieurs années.

D'abord, Santos fut seul à sortir, la nuit. Il commença par fréquenter le Quartier Latin, car le train qu'il prenait dans la banlieue le déposait à la place Denfert, et il n'osait pas encore combiner, sur le réseau de Ceinture, des itinéraires plus compliqués. Mais il se fatigua vite du Quartier. Il n'était pas à son aise dans les brasseries d'étu-

diants : le milieu était trop raffiné pour lui;
il entendait avec étonnement ses voisins de table
parler de philosophie ou de littérature. Il se
sentait, là, petit garçon, potache. D'autre part,
ses dépenses exagérées, l'ostentation inconsciente
de son argent, provoquèrent la jalousie méchante
de la plupart, et le mépris de quelques-uns, de
ceux, justement, qu'il sentait supérieurs à lui-
même, et dont il aurait voulu gagner la sympathie.
Et enfin, quand il eut connu les plaisirs coûteux
de la Butte, il dédaigna les amusements plus
modestes du Quartier.

A Montmartre, Santos Iturria se trouva plus
libre. Peu à peu, comme il venait environ deux
fois par semaine, il fut compté, dans quelques
établissements, au nombre des habitués, et plusieurs d'entre nous, une fois la vie de collège
finie, ont rencontré, dans les cafés du boulevard
de Clichy et de la place Blanche, des gens qui
avaient connu M. Iturria, et qui se le rappelaient
bien.

Demoisel, dès que Santos eut pour ainsi dire
découvert Montmartre, fut de toutes les esca-
pades. Santos avait permis au nègre de le suivre,
parce que, désirant un compagnon et n'osant
entraîner son frère Pablo dans ce danger, il avait
trouvé chez Demoisel une audace aussi grande
que la sienne propre. Les deux camarades devinrent
populaires dans un certain monde de noceurs, de
maîtres d'hôtels, de tziganes et de jolies filles.

Le nègre, à vrai dire, avec ses jambes trop longues, sa taille haute, son nez court et curieusement retroussé au bout, un nez chiffonné de trottin parisien, très remarquable dans cette tête africaine, — un héritage, peut-être de sa mère, la Pahisienne de Port-au-Prince? — Demoisel, dis-je, négligé de la nature, n'obtenait aucun succès auprès des jolies filles. Du reste, il était violent, brutal et méchant, et si fort que nul n'osait le contredire, surtout lorsqu'il était ivre. Dans ces moments-là, Santos seul pouvait le maîtriser et le ramener à temps au collège. Les autres nègres que nous avions à Saint-Augustin étaient des élèves modèles, travailleurs, très intelligents, garçons paisibles et de peu de mots, avec un peu de mélancolie parfois dans les yeux. Demoisel était donc une exception et une exception terrible. On racontait, dans certains groupes, à voix basse, ses tristes exploits. Il paraît que, malgré Santos, il allait pendant ces fameuses nuits dans je ne sais quels bouges, et que là il payait des filles pour les gifler. Et ces malheureuses, qui avaient faim sans doute, consentaient à cette ignominie! Je pense, aujourd'hui, de sang-froid, que ce n'était là qu'une légende, quelque incident dénaturé par l'imagination d'un enfant vicieux. Mais je me souviens bien du trouble que cette histoire jeta en nous, la première fois qu'elle nous fut contée. Nous étions, pour la plupart, des enfants gâtés, et c'est là ce qui avilit le plus les caractères, et ce qui durcit les âmes; mais plusieurs d'entre nous pleurèrent d'indignation et de pitié en apprenant cette chose; nous y pensions malgré nous, constamment, et le soir, avant de nous endormir, c'était comme un poids étouffant que nos mains cherchaient à soulever de notre poitrine...

Santos, tout au contraire, était partout le bienvenu. Il entrait dans une salle de restaurant, la tête haute, le chapeau en arrière, et aussitôt, dans quelque groupe joyeux, il se trouvait toujours une belle femme pour dire : « Tiens, voilà mon béguin. » Santos Iturria était, en effet, très beau. Entre dix-huit et dix-neuf ans, il avait déjà la carrure, la pleine force, l'air assuré d'un homme de vingt-cinq ans. La vivacité naturelle à son âge ajoutait, par contraste, un charme de plus à son apparence. Sa figure était, non pas longue, mais grande et toujours rasée de près, ce qui accentuait le caractère de propreté et de franchise qui se dégageait de toute sa personne. Son teint était clair, même un peu rose. Ses cheveux châtains, légèrement ondulés, couronnaient bien son front haut. Mais ses yeux surtout étaient remarquables; ils étaient bleus, mais d'un bleu profond, presque noir. Ils étonnaient. D'autant plus que leur regard, droit, viril, plein d'une insolence gaie, démentait tout à fait ses cils noirs, très longs, presque féminins.

En allant ainsi s'amuser à Montmartre, Santos

apprenait à vivre. Il avait eu, au début, une certaine brusquerie de manières et parfois s'était mis dans son tort. Un soir, comme Demoisel et lui montaient en courant, à la suite d'une jeune femme de leurs amies, l'escalier d'un restaurant à la mode, ils rencontrèrent un groupe d'hommes qui descendaient ce même escalier. La jeune femme passa; mais Santos, voulant la suivre, s'élança, et bouscula un homme âgé, qui lui barra aussitôt le passage en disant :

« Monsieur, j'ai fait place à madame; mais c'est à vous qui êtes jeune à me laisser passer maintenant. On n'a pas idée... »

Le bonhomme continua sa semonce pendant quelques instants, et Demoisel riait déjà en pensant à la verte riposte qu'allait faire Santos. Mais Santos écouta jusqu'au bout sans broncher. Puis il salua, s'effaça et dit simplement :

« La leçon est méritée; monsieur, je vous fais mes excuses. »

Quelqu'un, du palier voisin, cria :

« Bravo, monsieur, vous savez vivre!

— Vous, je ne vous demande pas votre avis », répliqua Santos, et il passa.

Bientôt, il put se mouvoir facilement dans ce monde assez compliqué. Il y devint même une force morale : le champion des femmes auxquelles on manque d'égards, et la bête noire de quelques-uns de ces petits messieurs qu'on voit trop à la suite de certaines beautés.

Ce sont des jeunes gens très élégants. Vous liez conversation avec eux, et ils vous annoncent d'abord qu'ils sont des « fils de famille » en train de se ruiner; ils sont à la veille de se voir donner un conseil judiciaire et, quand ils auront « tout mangé », ils se feront sauter la cervelle. Seulement, et c'est très curieux, ils vous disent aussi : « Je vais vous conter un anecdote ! » ou bien « l'atmosphère est lourd ce soir »; ils n'ont pourtant aucun accent étranger, et ils vous ont confié qu'ils avaient fait leurs études à Janson. Alors, vous les observez de plus près, et vous constatez qu'ils semblent mal à leur aise dans leur habit, et qu'ils parlent aux garçons avec la dernière insolence. Et puis, qu'un homme riche, un *client sérieux,* ait l'air de trouver agréable la femme qu'ils accompagnent, vous les voyez disparaître sous un prétexte quelconque, et céder la place sans se fâcher. Et vous comprenez alors (trop tard) à qui vous avez eu affaire...

Santos Iturria ne pouvait pas supporter ces hommes du demi-monde. Il commença par repousser leurs avances avec une vivacité qui faisait honneur à son courage. Il félicitait l'un, à très haute voix, sur le tact avec lequel il s'était effacé, lui, amant de cœur, devant l'amant de raison, en telle et telle circonstance qu'il rappelait. A un autre, il parlait de l'amour et de l'argent avec une insistance outrageante. Sa conversation était élégante, pleine de vivacité; sans bavardage mais abondante, et ornée de mots drôles, de plaisanteries énormes dites avec un sérieux tout à fait amusant. Et son accent même, qui avait quelque chose de musical, donnait une saveur de plus à ces plaisanteries. Bientôt, il prit l'offensive contre les jolis messieurs qu'il n'aimait pas. Et, avec ces gens sans esprit, prompts à la colère et aux paroles vilaines, il avait beau jeu. C'étaient ses plastrons et ses têtes de Turc. Il les affolait. Il les persécutait. Il leur faisait sentir qu'il avait toujours une chiquenaude à leur disposition dès qu'ils deviendraient grossiers. Et eux-mêmes n'osaient pas se conduire en goujats, de peur d'être chassés. Dans ces assauts d'impertinence, Santos avait toujours les rieurs, — et les rieuses aussi, — de son côté. Cela pouvait finir très mal. Et une nuit, dans la rue, Santos reçut un terrible coup de poing sur la nuque. Mais Demoisel traita si bien l'agresseur qu'on n'y revint plus. Santos en fut quitte pour passer quelques jours à l'infirmerie; pour tout le monde, il avait fait une chute dans la salle de gymnastique.

Ainsi, rapporter à Fermina Márquez son bracelet n'était pas une chose bien difficile pour Santos. Pendant toute l'étude du soir, et même en montant au dortoir, il joua avec ce bracelet. Et, le jour suivant, quand la jeune fille nous tendit la main, le bijou était à son bras. Cela nous remplit de fierté : l'audace d'Iturria nous faisait honneur à tous.

VI

Nous étions maintenant l'escorte habituelle de la jeune fille. Une dizaine, à peu près. Tous ceux qui l'approchaient, ceux auxquels elle parlait, ceux qui jouaient avec elle, formaient, autour d'elle, une sorte de cour d'amour; c'étaient ses chevaliers. Les chevaliers de Fermina Márquez, donc, étaient admirés de tous les élèves, et peut-être même des plus jeunes parmi les surveillants. De ces belles promenades dans le parc, nous ne rapportions plus l'odeur du tabac fumé en cachette, mais le parfum des petites Américaines. Était-ce le géranium ou le réséda? C'était un parfum indé-finissable, un parfum qui faisait penser à des robes bleues et mauves, et blanches, et roses, à de grands chapeaux de paille souple; et à des rou-leaux et à des coquilles de cheveux noirs, et à des yeux noirs, tellement grands que le ciel doit s'y refléter tout entier.

Pilar n'était qu'une enfant; elle avait ses doigts toujours tachés d'encre et ses coudes toujours écorchés, ces grands gestes bêtes des fillettes de onze à treize ans. Mais Fermina était une vraie, une grande jeune fille. C'est pour cela que son aspect avait pour nous quelque chose de si émouvant. Une jeune fille! on voudrait battre des mains en la voyant; on voudrait danser autour d'elle. Qu'est-ce donc qui la distingue à ce point d'une jeune femme? Je regarde une jeune femme, une jeune mère entourée de ses enfants; et elle me regarde à son tour, et elle me reconnaît : c'est ma main qui l'a attirée, et qui ne l'a plus lâchée que le baiser n'eût été reçu. Elle me regarde, et toutes ces images sont en elle : Je suis un homme, pareil au père de ses enfants. Tandis que, pour la jeune fille, je suis un être inconnu, un pays étranger, un mystère. Un pauvre être inconnu, tout gauche et tout balbutiant devant elle; un pitoyable mystère auquel un éclat de rire d'elle fait perdre toute contenance.

Et pourtant, nous nous connaissons un peu : lorsque la vie me laisse bien seul avec moi, je découvre en moi des aspirations et des sentiments de femme; et je ne doute pas que celles qui savent voir en elles-mêmes n'aperçoivent, au-delà de leur riche cœur de femme, l'esprit lucide et bien ordonné d'un homme.

Mais, comme nous ne pourrons jamais voir clair en nous, connaîtrons-nous jamais cette part de l'autre sexe que nous contenons tous, et toutes? C'était notre erreur à vingt ans, de croire que nous connaissions la vie et les femmes. On ne connaîtra jamais ni la vie ni les femmes, il n'y a, partout, que des objets d'étonnement et une suite ininterrompue de miracles. Santos croyait avoir appris à connaître les femmes, dans les cafés de Montmartre; et nous aussi, qui n'étions allés, — et rarement encore, — qu'à des parties et à des thés chez nos correspondants de Paris, nous aussi nous disions : « Voilà bien comme sont les femmes. »

VII

Mais le scandale de notre absence, aux heures des récréations; nos promenades sans permission, et nos parties de tennis dans le parc, inquiétèrent enfin les autorités du collège. Et, un jour, chacun des chevaliers de Fermina Márquez s'entendit interdire l'accès du parc, sous les peines disciplinaires les plus graves. Seul, un élève de seconde, Léniot, était spécialement autorisé à accompagner ces dames. Mama Doloré avait demandé cette faveur, parce que Léniot protégeait le petit Márquez, et le guidait à travers les difficultés d'un début dans la vie de collège.

VIII

Joanny Léniot, à quinze ans et demi, était tout simplement un collégien fort en thème. Sa physionomie n'était pas agréable; il était taciturne et ne regardait jamais les gens en face. Du reste, il vivait assez isolé. On le soupçonnait même d'employer les récréations à repasser mentalement ses leçons, tout en faisant semblant de dormir, étendu sur un banc. Caractère assez terne, dont personne n'aurait su dire rien de précis. Il était là, assis à sa place, ou debout à son rang; c'était tout. Mais, le jour de la distribution des prix, à l'appel de sa classe, on n'entendait plus que son nom, on ne voyait plus que lui sur l'estrade; et, comme, après tout, il faisait honneur au collège, tous les élèves l'applaudissaient à se faire mal aux mains. Mais personne ne l'aimait.

Il était entré à Saint-Augustin à neuf ans, sachant à peine lire. Il s'était d'abord senti tellement seul, — au milieu de ces condisciples qui parlaient une langue inconnue de lui, — tellement semblable à un prisonnier, tellement abandonné, qu'il s'était mis, pour ne plus sentir la misère de son existence, à travailler éperdument. Il se mit à étudier comme un homme se serait mis à boire : pour oublier. Il était un de ces caractères auxquels l'internat imprime une tare ineffaçable; il le sentait, et luttait de son mieux contre ces influences.

Ses progrès étonnèrent tout le monde. Au bout d'un an, on le fit passer de la huitième classe dans la sixième et, dans cette nouvelle classe, pour la première composition de l'année, il fut le premier. Dès lors, il s'entêta, résolu à garder toujours le premier rang. On l'avait exclu des jeux de plein air; sa maladresse était une certitude de défaite pour son camp; les capitaines d'équipe eux-mêmes demandèrent qu'il fût dispensé de prendre part aux jeux. Il en fut content. Désormais tout lui devint indifférent, hormis cette place de premier, son idée fixe. Et c'était un effort de tous les jours, car même les devoirs ordinaires étaient classés, après correction, par ordre de mérite. La matière même des études lui importait peu : science, littérature, grammaire, géographie, ce n'étaient là que des occasions de satisfaire sa manie de gloire scolaire. On lui eût appris tout ce qu'on eût voulu, depuis que cette ambition avait été allumée en lui. Cette ambition l'aveuglait; il en était arrivé à ne plus sentir, autour de lui, la petite allure de la vie, à ne plus voir l'aspect monotone, plat et banal, des choses : le surveillant d'étude qui bâille sur ses auteurs de licence, les paresseux qui bâclent leur thème, et les cancres qui attrapent des mouches, ou qui regardent tristement vers les fenêtres où le ciel de nacre s'approfondit en nuit bleue. Il n'était même plus touché par la mélancolie de ces soirs de Saint-Augustin, ces soirs désespérés de village de la grande banlieue, où l'on entend, jusqu'au sommeil, gémir au loin vers Paris des trains qui semblent fuir, épouvantés... Tout l'effort de Joanny Léniot était tendu vers ce qu'il appelait, au plus secret de lui-même : le succès.

Eh bien, voici : on rentrait en classe; le professeur était assis dans sa chaire; devant lui, un paquet de copies corrigées. Le silence fait, il disait :

« J'ai donné la note 18 à la version de M. Léniot; elle est sans faute grave; je vais vous la lire. »

Ou bien c'étaient les résultats de la dernière composition. On ne les donnait qu'en présence du préfet des études et d'un surveillant général, dans chaque classe, toutes les semaines, le samedi soir. On commençait par les classes les plus élevées : philosophie, rhétorique... Pendant un quart d'heure, vingt minutes, Joanny Léniot, assis à son banc, prêtait l'oreille aux différentes phases de la cérémonie. Les bruits des pas et des voix, le grondement des élèves se levant tous à la fois à l'entrée des autorités, — il entendait tout cela, et l'incertitude et l'anxiété l'affolaient. Et ces bruits se répétaient de proche en proche. Voici que ces messieurs entraient dans la salle voisine. Enfin c'était le tour de la classe de Léniot. Les autorités, en redingote et en chapeau haut de forme, faisaient leur entrée; les élèves et le professeur se levaient.

« Asseyez-vous, messieurs », disait le préfet des études qui prenait un air solennel. Et alors le professeur lisait les résultats de la dernière composition. Quel instant!

« Premier : Léniot (Joanny). »

Brusquement il se levait; M. le préfet des études lui souriait; puis il se rasseyait, chancelant. C'était une commotion, un coup dans son cerveau, un ébranlement de tous ses nerfs. Jusqu'à la fin de la classe, il en gardait un tremblement intérieur, une sorte de fièvre. A la sortie, il entendait :

« On a donné les places, chez vous? Qui a été premier?

— Léniot encore, parbleu! »

Il ne laissait rien paraître de sa joie. Du reste, il savait combien tout cela était indifférent à la grande majorité des élèves. Et aussi, il voulait être modeste. Mais cette joie était si grande qu'il aurait voulu crier, et qu'il marchait voûté, tout courbé sous son fardeau d'orgueil. Comme dans les images des romans d'aventures, on voit un pirate qui porte une belle captive blanche, ainsi il lui semblait marcher, ébloui, tenant sa gloire entre ses bras, tout contre son cœur. C'était une nouvelle victoire : pendant huit jours encore il serait à la place d'honneur, en classe. C'était un peu comme après la communion : il se sentait purifié; il se respectait davantage.

Le préfet des études et tous les professeurs le félicitaient : on fondait de grandes espérances sur lui. Il était si intelligent, il s'assimilait tout si rapidement. C'était l'opinion générale. Car Joanny Léniot avait la coquetterie de dissimuler son effort tenace. S'il se donnait, en étude, une demi-heure de relâche, il passait cette demi-heure à montrer à tous son oisiveté, se levant vingt fois de place, se faisant constamment rappeler à l'ordre par le surveillant. Il affectait de recopier ses devoirs à la dernière minute. Il lui arrivait même de dormir en classe. Tout cela faisait illusion, et l'on s'émerveillait de la promptitude de son esprit. En réalité, les sentiments étaient, chez lui, toujours plus vifs et plus nets que les pensées; ils obscurcissaient l'intelligence qu'ils dominaient, et, en somme, Léniot, avec toute sa réputation de cerveau bien doué, n'était remarquable que par son ambition sans mesure, au-dessus, vraiment, de son âge.

Ses parents (ils habitaient Lyon) lui écrivaient des lettres pleines d'éloges, pour l'encourager, à chacun de ses succès. Le père Léniot se disait que son fils comprenait les sacrifices qu'on faisait pour lui, et qu'il profitait, en garçon pratique, de l'instruction qu'on mettait à sa portée. Et la mère songeait : « C'est pour me faire plaisir qu'il travaille tant! » Joanny voyait ces pensées derrière leurs félicitations. Non, ses parents ne comprendraient jamais... et il déchirait leurs lettres en souriant de pitié. Personne ne comprendrait jamais que la chose qu'il voulait, et pour laquelle il travaillait tant, c'était uniquement cette commotion cérébrale, ce spasme répondant à l'appel de la gloire : « Premier : Léniot (Joanny). » Ces pauvres petits succès d'écolier bien noté étaient, pour son imagination d'adolescent, des triomphes d'imperator romain.

Mais les grandes personnes ne se doutent pas, — la vie les a tellement assourdies, tellement émoussées, — que ces lauriers pourraient bien ne jamais se faner au front de ce bon élève. A Saint-Augustin, on ne donnait pas de couronnes aux distributions des prix; mais les livres portaient, gravé sur le plat de la couverture, un écusson d'or aux initiales de l'institution : S. A., qui signifiaient aussi, d'après le vieux calembour transmis de génération en génération depuis les origines du collège : Sale Auberge. Cet écusson était large, à peu près, comme une pièce de cent francs. Longtemps, Joanny avait regardé ce cercle d'or avec révérence. C'était comme le reflet permanent du fameux « premier rayon de gloire » dont parlent quelques bons auteurs; et, quoique ce respect ne fût déjà plus pour lui qu'un souvenir d'enfance, son enfance se réveillait, avec tout son goût amer, avec toute sa tristesse et tout son sérieux, à la seule vue de ses livres de prix des années précédentes. Oui, toute sa vie, il aurait des prix; toute sa vie, il sentirait la chaleur de ce cercle d'or posé sur lui. Toute sa vie serait pleine de cette gravité studieuse, de cette silencieuse application, incessante, à exceller en toutes choses. Toute sa vie aurait pour lui cette précieuse amertume, la saveur même du laurier! Et il pouvait y avoir, dehors, loin des salles d'étude et des couloirs obscurs, tout le grand air, et tout l'été, avec ces souffles pleins d'odeurs qui nous donnent le vertige; ou bien l'automne et les premiers brouillards chauds qui se posent comme une main sur notre cœur; il pouvait y avoir Paris et toutes ses nuits pleines de péchés, — des péchés si beaux et si terribles qu'on n'ose pas les imaginer; il pouvait y avoir toutes les femmes de la terre, si belles qu'on voudrait leur trouver des noms qui exprimeraient leur beauté; et il pouvait y avoir les yeux de Fermina Márquez, où resplendissait le soleil des Tropiques; — Joanny Léniot tournait son visage vers le mur, et pensant au devoir qu'il avait à faire, sentait au fond de lui une joie plus grande que toutes ces joies.

Non, rien du monde ne le troublerait. Il se concentrait en soi-même, refusant de se disperser, d'accorder une seconde de tendresse à quoi que ce fût. Il voyait clairement la limite de son esprit. Il avait lu et relu une courte *Vie de Benjamin Franklin*, qui se terminait par ces mots : « il a tiré tout le parti possible de lui-même ». Léniot pensait : « Franklin devait se mépriser comme je me méprise moi-même; mais il a trouvé le moyen d'être grand aux yeux des hommes... C'est la route à suivre, et sans broncher. » Il s'économisait. Quand Fermina Márquez parut dans le collège, amenant avec elle un air nouveau, il s'accusa de s'être laissé, un instant, distraire. Les plus beaux yeux du monde ne devaient pas le détourner du but admirable. César avait-il une seule fois regardé tendrement les filles ou les femmes des chefs gaulois! Quand, du haut des remparts, elles le suppliaient, découvrant leur poitrine; ou bien, quand, les soirs de bataille, on les amenait par troupeaux au camp du proconsul, avait-il jamais eu le moindre frémissement de pitié, un instant de désir pour la plus jolie et la plus infortunée? Cependant, elles étaient complètement à lui; et elles sentaient si bien leur maître dans cet homme chauve, petit, au visage bien rasé! Que de fois Joanny avait imaginé des scènes de ce genre...

Eh bien, lui-même, comme César, était destiné à être admiré des hommes et à être aimé des femmes. Il était indigne de lui d'admirer et d'aimer en retour. Ou bien, peut-être, aimerait-il; mais il ne pourrait aimer qu'une captive, c'est-à-dire la femme humiliée et suppliante qui se traîne à vos pieds, et qui vous baise craintivement les mains. Oui, mais cette femme-là se trouvet-elle ailleurs que dans les romans dont la scène est aux colonies ?

N'ayant pas de sœur, fréquentant peu de jeunes filles, Léniot avait une horreur instinctive des jolies moqueuses qui mettent à si rude épreuve l'orgueil timide et solennel des très jeunes hommes. Il est bien dur pour un garçon qui ne se compare qu'avec des hommes comme Franklin ou Jules César, de s'entendre railler sur une maladresse commise en servant le thé, ou sur le vert trop éclatant d'une cravate neuve. Plein de rancune, il gardait le souvenir de circonstances où il avait été ridicule et dans lesquelles de grandes jeunes filles niaises s'étaient moquées de lui, « de petites dindes, des pecques provinciales, avec des accents de campagnardes ». Mais le souvenir de leur accent ne suffisait pas à venger Léniot des piqûres qu'elles avaient faites à son amour-propre. Non, — et à mesure qu'il approchait de sa seizième année il s'en persuadait davantage, — ce qui vraiment le vengerait, ce qui établirait définitivement sa position et son attitude à l'égard des femmes, c'était *une séduction*. Par ce moyen, d'abord d'un enfant qu'il était, il deviendrait un homme ; alors, sans doute, il pourrait s'approcher enfin sans rougir de ces « jeunes dindes » restées ignorantes. Par ce moyen, encore, il connaîtrait une nouvelle espèce de triomphe : il saurait ce qu'un homme ressent à voir une fille lui sacrifier ses scrupules, sa pudeur, et toutes ses années d'innocence. « Et une femme qui se livre, ne trahit-elle pas le sexe tout entier ? » Oui, en séduire une! A cette pensée, comme tu bats fortement, cœur de conquérant!

Ainsi Léniot songeait, en fumant, dans le parc, sa cigarette d'après déjeuner. A cet instant même, Mama Doloré et les jeunes Colombiennes parurent au tournant d'une allée. Léniot se hâta de les joindre, et, en les saluant, regarda Fermina au visage, durement, comme on regarde un ennemi. Il venait de penser : « Pourquoi ne serait-ce pas toi! »

Et la témérité de cette pensée le frappa soudain; tout son sang lui parut refluer en déroute vers son cœur. Cette enfant était si belle, si imposante dans sa grâce, si majestueusement jeune, que jamais il n'oserait même lui laisser voir le trouble où sa présence le jetait. Et puis, tout aussi brusquement, sa volonté reprit le dessus, et refoula un sang plus chaud, tout électrisé, dans ses veines. Oh! il oserait; on verrait bien! Il se mit à marcher près d'elle. Tout ce qu'il proposait d'accomplir se dressait devant son esprit. Attentivement, il mesura la distance qui le séparait du premier baiser. Et voici que de nouveau il n'osait plus. Rien ne pressait, pourtant. Mais il y avait là un obstacle que sa timidité, frémissante, cabrée, refusait de franchir. Ce n'était pas qu'il craignît de se poser en rival en face de Santos Iturria. Au contraire; même si cela finissait par un combat

44

où lui, Léniot, serait certainement vaincu, il garderait l'honneur très grand de s'être tout seul élevé contre le héros du collège... « et à propos d'une femme encore ». Et ce n'était pas qu'il crût qu'on pût le traiter en enfant et le dédaigner à cause de son âge; du reste Fermina Márquez avait à peine un an de plus que lui. Alors, où était cet obstacle, sinon dans sa propre timidité? Pourtant, il ne manquait pas de courage. Le tout était de commencer; et ce devait être facile; même chez les auteurs classiques, les amants paraissent n'éprouver aucun embarras à déclarer leur flamme. Et Santos et Ortega, et d'autres élèves des classes supérieures, allaient fréquemment à la lingerie embrasser, l'une après l'autre, les petites lingères. Sans doute, ce n'étaient que des lingères. Mais Pablo s'était vanté, un matin, au réfectoire, d'avoir glissé des billets doux dans les mains des jeunes invitées, lors de la dernière fête de Saint-Charlemagne, oui, des billets doux, et au nez de leurs parents. Et même une d'elles avait répondu, — un galant homme n'en pouvait dire davantage.

Elle avait répondu.

« Pourquoi donc hésiterais-je, moi? » se disait Léniot.

IX

Il attendit l'étude du soir, la fin de sa journée
de travail pour revenir sur tout cela, pour mettre
de l'ordre dans ses idées, et pour éprouver la
fermeté de ses résolutions. Ce soir-là, justement,
la surveillance de l'étude était confiée, pour la
première fois, à un jeune répétiteur. M. Lebrun,
entré depuis une semaine au service du collège.
On imagine difficilement l'inquiétude et l'éner-
vement d'un jeune répétiteur à ses débuts ; on ne
peut pas concevoir l'espèce de vertige qui le
prend à se voir, tout seul, adossé au mur, dans
une chaire, en face et un peu au-dessus de quarante gamins de quinze à dix-sept ans. M. Lebrun
était particulièrement ému. Dans les petites classes
il avait été « chahuté » affreusement et c'est pour
cela même qu'il avait demandé là surveillance
d'une étude plus sérieuse, celle-ci, qui comprenait
les élèves de seconde et une partie des rhétori-
ciens. Léniot crut que ce nouveau surveillant
n'oserait pas troubler son oisiveté ; et, commodé-

ment accoudé à son pupitre, il concentra sa pensée sur l'affaire qui l'occupait depuis quelques heures.

D'abord, il y avait cette timidité qu'il fallait vaincre. Mais ce n'était plus de la timidité : c'était de la terreur! Et une terreur qui l'aveuglait, qui lui ferait manquer les plus belles occasions de parler ou d'agir. Il regrettait de n'être pas amoureux tout de bon; peut-être qu'alors cette conquête lui serait aisée. Mais, devant la difficulté de l'entreprise, tout sentiment de tendresse ou d'affection disparaissait, et la pensée de Fermina Márquez l'irritait, lui devenait même pénible et l'humiliait. Patiemment, comme on ramène un cheval près de l'objet qui l'effraie, Joanny ramenait sa volonté devant cette image de Fermina Márquez qu'il avait dans son esprit, et qu'il finissait par trouver intolérable.

« Eh bien, vous ne travaillez pas, vous?

— Moi, monsieur? dit Léniot réveillé.

— Oui, vous! Votre nom, s'il vous plaît? demanda M. Lebrun, cherchant à affermir sa voix.

— Léniot.

— Eh bien, monsieur Léniot, je vous prie de travailler. »

M. Lebrun faisait du zèle. Dans les études des petits, il avait attendu qu'on le provoquât; ici, il pensait se faire respecter en prenant l'offensive. Sans cesse il rappelait quelqu'un à l'ordre; et, ne sachant s'il avait affaire à un bon élève ou à un paresseux, il réprimandait des élèves qu'on n'avait pas l'habitude d'entendre traiter comme des cancres. Et il croyait voir en Léniot, tout à fait oisif ce soir-là, la plus mauvaise tête de l'étude.

Joanny haussa les épaules et suivit ses pensées... Quelles étaient donc les causes de cette timidité? La principale était assurément cette notion, — que lui avaient inculquée sa mère et toutes les dames de sa famille, — à savoir : qu'une différence fondamentale, irréductible, sépare à jamais les honnêtes femmes des autres. C'étaient, pour ainsi dire, deux sexes différents. On respectait l'un; quant à l'autre, « on le payait », c'est tout dire. Cette opinion, chez sa mère et chez les bourgeoises de son entourage, était définitive et entière. Mais chez lui, elle avait été, naturellement, entamée par l'instruction qu'il recevait au collège. En effet, cette distinction, toute bourgeoise, est inconnue des grands écrivains : ils célèbrent indifféremment les femmes coupables et les femmes vertueuses. Ils choisissent même de préférence, pour héroïnes, des femmes que leurs passions et leurs déportements ont rendues illustres : Médée, Didon, Phèdre. Parfois Joanny se divertissait à imaginer un parallèle grotesque entre ces grandes amoureuses et les dames qui venaient goûter chez sa mère. Les caractères de l'honnête femme étaient la laideur, la sottise, la médisance. L'autre femme, au contraire, la méprisée, était belle, intelligente, généreuse. Sans aucun doute, c'était l'homme des premiers temps, le mâle, qui avait établi cette distinction, et qui, dans son intérêt à lui, l'avait imposée à sa compagne. Ainsi, sous la domination de l'homme, le beau sexe était tout pareil à un troupeau bien conduit, et si bien morigéné, que ce troupeau en était arrivé à faire lui-même sa police, et à chasser spontanément de sa masse toutes les têtes indociles, toutes les brebis galeuses. Joanny ne se demandait pas si cette loi était juste ou injuste, ni si la femme n'avait pas intérêt à s'y conformer; cependant il constatait que la femme suivait cette loi, aveuglément dupe de son éternel maître, l'avare propriétaire de l'âge patriarcal, l'époux romain *cum manu*. En somme, la différence n'était pas bien grande : « Les unes sont appelées filles soumises, et les autres, ma mère et ses amies par exemple, sont des femmes soumises; voilà tout. » — Joanny était satisfait de cette formule; il était fier d'avoir, à quinze ans, des pensées de cette sorte; il les croyait nouvelles et audacieuses. En même temps, ses vieux scrupules d'enfant pieux lui reprochaient ce que ses pensées avaient d'irrévérencieux pour sa mère. — Oui, la notion de l'honnête femme avait reçu, chez Léniot, de fortes atteintes. Mais elle subsistait, sous la forme d'une distinction fondamentale entre deux modes d'éducation. C'est à cela que se réduisaient, en dernier examen, toutes les différences. Il y avait les femmes *comme il faut* et les autres. Et ce qui faisait justement, à ses yeux, l'attrait des jeunes filles, c'est qu'elles formaient un troisième groupe. Elles avaient encore à choisir entre le vice et la vertu, et, au vice comme à la vertu, elles empruntaient des charmes. Fermina Márquez était une jeune fille; et c'est cela précisément qui troublait surtout Joanny : il croyait qu'avec une jeune femme il eût tout osé. Eh bien, raison de plus pour tenter de séduire la petite Américaine...

Certes, de toutes façons, il valait mieux qu'il ne fût point amoureux. Il ne devait, pour rien au monde, tomber dans les niaiseries sentimentales : on se répète de mauvaises phrases de romans; on essaie de composer un sonnet, et c'est le sonnet d'Arvers que l'on transcrit plus ou moins exactement; on rêvasse; et le résultat de tout cela n'est que du temps perdu. Non : Joanny devait appliquer à cette tentative de séduction toute sa patience méthodique, tout son entêtement studieux de bon élève. Il lui fallait calculer froidement, surveiller les événements, guetter les occasions...

Cependant l'étude devenait tumultueuse. M. Lebrun, affolé, n'interrompait plus ses réprimandes. Joanny entendit son voisin qui murmurait : « Cet idiot ne nous laisse même pas travailler tranquillement. »

« Monsieur Léniot, vous persistez à ne rien faire ? demanda M. Lebrun agressif.

— Monsieur, je médite », répondit Joanny.
Toute l'étude se mit à rire hautement. Entendre
le pion bafoué par le meilleur élève les encoura-
geait. Un chahut s'organisa.

« Monsieur Zuniga, quand aurez-vous fini de
parler à votre voisin? criait le surveillant.

— Voyons, monsieur Montemayor!

— Yo? ié souis bien sage, moi, mossieur.

— Alors, vous, oui, vous, là. Votre nom, s'il
vous plaît?

— Juan Bernardo de Claraval Marti de la
Cruz y del Milagro de la Concha. »

Le rire se changea en aboiement.

Joanny s'excitait, dans ce bruit. Il lui venait
un désir de combattre, une audace qui lui faisait
paraître ridicule sa timidité à l'égard de Fermina
Márquez. Il se faisait un plan de séduction tout
à fait facile. D'abord il songea à écrire une belle
lettre pleine de respect et de tendresse, comme la
lettre par laquelle débute la *Nouvelle Héloïse*. Puis
il pensa qu'un court billet valait mieux. Enfin il
résolut de ne point écrire du tout, mais de se
présenter simplement en ami, et en ami de tous
les Márquez. Il était d'abord très nécessaire de
gagner la confiance de Mama Doloré. Et pour
cela, il fallait qu'il devînt l'ami et le protecteur
de son neveu.

Justement, le petit Márquez, un enfant gâté,
se conduisait très maladroitement dans ses rapports
avec ses condisciples. Il regardait Saint-Augustin

comme un hôtel (beaucoup moins luxueux, il est vrai, que les hôtels anglais et français où il avait vécu depuis son départ de Bogotá), mais enfin, comme un hôtel, où l'on se fait servir en payant. Et Mama Doloré lui donnait trop d'argent de poche. Au lieu de recevoir les taquins à coups de poing, il leur faisait des distributions de friandises, espérant qu'ainsi on le laisserait tranquille. Malheureusement, le résultat de cette manœuvre n'était pas tel qu'il l'avait espéré. Les taquins revenaient de plus belle. Alors il les traitait de gueux et de mendiants, et vantait les richesses de son père : « Nous sommes venus jusqu'à Southampton sur un navire à nous », criait-il orgueilleusement. Un jour enfin on le traîna sous la pompe de la cour, et on le doucha. Mama Doloré porta plainte au préfet des études. Les doucheurs de Márquez furent mis en quarantaine. Nulle avanie ne lui fut épargnée. Il passait la plus grande partie de ses nuits à étouffer ses sanglots, la tête enfouie sous son traversin. Déjà, il avait beaucoup maigri. Léniot, en quelques jours, pouvait mettre ordre à tout cela. Il le ferait. C'était là le vrai moyen de s'insinuer dans cette famille. Après, on verrait... Il y avait encore deux mois et demi avant les grandes vacances.

Joanny se leva, tout joyeux. Il ressentait une sorte d'impatience gaie qu'il n'avait encore éprouvée qu'une fois : c'était à la veille de son départ pour l'Italie, aux dernières vacances de Pâques.

Il ne pouvait tenir en place; il aurait voulu pouvoir chanter.

Sans demander la permission de M. Lebrun, il alla prendre, dans la bibliothèque de l'étude, le grand atlas de Schrader, et il y chercha la carte de Colombie.

« Monsieur Léniot, pour vous être dérangé sans permission, vous aurez un zéro de conduite. »

Joanny sourit dédaigneusement. Il étudiait avec soin la configuration géographique de la République colombienne, comme s'il eût projeté un voyage dans ce pays. Le port principal, sur la mer des Antilles, s'appelle Carthagène; c'est de là qu'elle avait dû partir.

L'étude s'était tue un instant, étonnée d'entendre donner, pour la première fois, une mauvaise note au meilleur élève. On regardait curieusement l'expression du visage de Léniot. Mais M. Lebrun poursuivait son avantage. Il distribuait à profusion les « zéros de conduite ». Et le chahut redoubla de violence. Au bout de la salle, où était sa place, Pablo Iturria souleva le couvercle de son pupitre, puis le laissa retomber à grand bruit, et, s'adressant au surveillant, hurla :

« Calla, hombre, calla! »

Joanny, toujours souriant, regagna sa place. Il était plein de confiance en lui-même. Surtout, il se sentait en sécurité, quoi qu'il pût arriver. Il se dit : « Même en admettant le pire, ce n'est jamais mon père qui me reprochera d'avoir séduit la fille d'un millionnaire! » Il sentait toute sa vie, devant lui, pareille à une inépuisable provision de succès et de bonheur.

« Vous savez, monsieur Léniot, que votre zéro de conduite sera accompagné d'un rapport au préfet des études. »

La gaieté nerveuse, qui jusque-là avait porté Joanny, tomba tout d'un coup : cette mauvaise note et ce rapport, c'était pour lui l'exclusion du tableau d'honneur, — une retenue, et enfin la perte du prix d'excellence, et la ruine de sa carrière scolaire! Non, ce n'était pas possible! Il se ressaisit, il fallait agir.

Il appartenait à une grande génération, qui devait laisser, à ceux qui étaient maintenant dans les classes enfantines, le souvenir d'une audace et d'une virilité insurpassables. Ce qu'il allait faire égalerait son nom aux noms des deux Iturria, de Ortega, aux noms des plus fameux représentants de cette fameuse génération. Ou bien, s'il ne réussissait pas, il serait regardé par tous comme un traître, mis en quarantaine, — non, il serait renvoyé du collège, tout simplement. Il ne songea pas un seul instant qu'il allait peut-être ruiner la carrière de M. Lebrun, le faire congédier par l'administration. Il fit passer ce mot d'ordre :

« Continuez le chahut; je vais chercher le préfet des études. »

Puis il sortit, sans daigner relever le sarcasme que lui lançait le surveillant à bout de patience :

« Vous n'attendez pas qu'on vous mette à la porte, n'est-ce pas ? Vous y allez de vous-même ; vous en avez l'habitude. »

Léniot traversa la cour, le parc, et sonna à la porte du chalet, où vivait le préfet des études avec sa famille. Admis en la présence de l'autorité suprême du collège, il raconta ce qui se passait dans l'étude du nouveau surveillant. C'était une étude sérieuse, d'ordinaire ; on n'avait jamais eu à s'en plaindre. M. Lebrun était, seul, la cause du désordre.

M. le préfet des études écouta gravement le plaidoyer de Joanny. Cette démarche était extra-ordinaire. Celui qui la faisait était un des meilleurs élèves du collège. M. le préfet des études hésitait à prononcer un jugement définitif. Il voulait voir par lui-même, et suivit Léniot. Ainsi Léniot, comme il l'avait promis, ramenait le préfet des études. C'était plus que la moitié d'un succès. A leur entrée, toute l'étude debout, huait le répétiteur.

Un silence soudain. En présence de ses camarades et de M. Lebrun, Léniot recommence sa diatribe contre le surveillant. Il parle d'une voix modérée, mais bien affermie, et M. le préfet des études ne l'interrompt pas. De temps en temps M. Lebrun proteste, mais maladroitement :

« M. Iturria junior m'a insulté en espagnol !

— Vous mentez ! riposte Pablo.

— Vous venez de nous appeler " voyous "! »
crie un élève.

Léniot conclut :

« M. Lebrun, par l'abus qu'il a fait des réprimandes et des mauvaises notes, a été l'unique
cause de ce désordre. Nous nous en remettons à
vous, monsieur le préfet des études, du soin de le
lui faire comprendre. »

M. le préfet des études est plus embarrassé qu'il
ne le veut paraître. Il voit bien que les têtes
sont montées.

« Messieurs, dit-il, je suis venu... »

Il est interrompu par des applaudissements.
Ce sont des applaudissements discrets, brefs, qui
expriment le respect, la gratitude et la confiance.

Pour rien au monde M. le préfet des études ne
voudrait entrer en lutte avec ses pensionnaires
américains, qu'il appelle, — mais dans la plus
stricte intimité : « mes toréadors ». Dès ses premières paroles, on prévoit qu'il sera conciliant et
plein d'indulgence.

« Les élèves de seconde et de rhétorique devraient avoir honte de s'être conduits comme des
gamins de septième... M. Iturria junior devrait
savoir qu'il est fort impoli de parler à une personne dans une langue que cette personne n'entend point... M. Lebrun a eu raison de se montrer
sévère... Du reste, M. Léniot a bien fait de profiter de son autorité d'élève modèle, pour l'avertir
de ce qui se passait dans cette étude. Désormais,

il en est, lui personnellement, certain, la discipline y sera respectée. M. Lebrun est un homme distingué, un travailleur et une intelligence d'élite; il espère, lui préfet des études, voir une certaine sympathie se développer entre maître et élèves. Il ne doute pas qu'elle ne se développe rapidement, cette sympathie...

« Du reste, les élèves de rhétorique n'ont plus que deux mois avant leur examen; il leur faut donc travailler avec plus d'assiduité que jamais... Les notes et les punitions marquées par M. Lebrun seront maintenues; mais M. Lebrun sera libre de les effacer à la fin de la semaine, si la conduite de ses élèves le satisfait... L'incident est clos. »

M. le préfet des études serre la main de M. Lebrun, l'entraîne pour quelques secondes dans le couloir et s'éloigne.

M. Lebrun est étonné de voir ses élèves se calmer. Les bonnes paroles du préfet des études ont accompli ce grand changement. Il n'en demeure pas moins vaincu dans sa lutte avec l'étude. D'après tous les règlements du collège, l'étude entière devrait être consignée, les meneurs aux arrêts, et Léniot en instance de conseil de discipline. Les punitions et les mauvaises notes seront annulées, c'est bien certain. Quelques mauvaises têtes, peut-être, regrettent que le chahut ait si tôt pris fin. Mais la majorité des élèves est contente de l'intervention de Léniot.

Une poussière flotte encore dans la salle, une

poussière d'après la bataille, piquante aux yeux et excitante. Joanny, de sa place, debout, résume en quelques mots l'incident, rappelle les paroles conciliantes du préfet des études, et puis va tendre la main à M. Lebrun qui s'excuse presque. Les notes seront excellentes, ce soir! A son tour, Pablo s'approche de la chaire et, en quelques minutes de causerie à voix basse avec M. Lebrun, arrange leur différend.

Joanny Léniot lit son triomphe dans tous les yeux. Le préfet des études a bien eu l'air de présenter son extraordinaire démarche comme un mouchardage; mais personne ne s'y est trompé. C'est un grand succès : les Américains approuvent hautement la chose. Mais le principal, c'est que Joanny n'aura pas la mauvaise note qui eût fait disparaître son nom du tableau d'honneur. Comme un joueur qui a risqué le fond de sa bourse et qui a enfin gagné, il reste un peu étourdi, trop joyeux pour que sa joie éclate d'abord.

Après un pareil coup, tout lui paraît si facile! Si elle était là, sa déclaration serait déjà faite. Mais encore une fois, rien ne presse. Une séduction est une œuvre de méthode et de patience, de calcul profond. « *Ça*, et le prix d'excellence », quelle belle fin d'année scolaire!...

Le tambour appela tous les élèves au réfectoire; et après le rapide souper, le retour dans les études pour un quart d'heure et, les prières dites, de nouveau le tambour gronda pour le coucher. Et le brouhaha des élèves montant aux dortoirs remplit les couloirs et les escaliers. Joanny guetta le passage des élèves de cinquième. Car les classes inférieures défilaient devant les grandes classes, qui attendaient debout devant le mur de leurs études, et montaient les dernières. Avec le bruit de leurs pas et le son de leurs voix, les petits passaient, la démarche vive, en rangs serrés, de grands yeux rayonnant çà et là hors de l'ombre. Des plaisanteries, des sourires échangés, le « bonne nuit » des gosses aux grands, c'était le seul moment de la journée où l'on fût vraiment doux et bon. Comme les *cinquième* passaient, Léniot se glissa dans leurs rangs et suivit le petit Márquez qui marchait en tête. Dans l'escalier, il y eut une soudaine bousculade; quelqu'un dépassa Márquez, le repoussa brutalement et le fit tomber. Léniot put alors l'approcher, il l'aida à se relever et lui tendit son béret, qui avait roulé sur les marches. Márquez prit le béret, balbutia un remerciement et continua de monter.

« *Y el pañuelo también* », dit Léniot en lui tendant son mouchoir qu'il venait de ramasser.

Le petit Márquez pour la première fois regarda Léniot. Et son regard était plein d'étonnement. Il essaya, tristement, de sourire. Alors Joanny n'hésita plus; il lui prit la main, se pencha sur lui, et l'embrassa. Márquez se débattit, voulut se dégager; sa fierté se révoltait. Mais il avait trouvé, depuis son entrée au collège, tant de dureté, et tant de cruauté même, que cette marque de tendresse — et venant d'un *grand* — abolit tout son courage, toute sa farouche résignation à souffrir. Il s'abandonna, mit sa tête contre la poitrine de cet ami, et pleura toutes ses douleurs.

Cependant, tous deux, enlacés, continuaient à monter, mêlés à la foule des élèves. Léniot cherchait des paroles appropriées à la circonstance; mais il n'en trouvait pas. Une joie triomphale le possédait. Il savourait son calme, la perfection avec laquelle il jouait ce rôle de consolateur. Il se demanda ce qui se passerait, si, tout d'un coup, tenant ainsi l'enfant près de son cœur, il éclatait de rire. Voilà sans doute ce que c'était que « goûter dans le crime une tranquille paix ». Oui c'était bien joué ! des mots gâteraient tout. Il se sentait au-dessus de toutes les choses présentes et méprisait ce désespoir qu'il adoucissait. Il songeait : « Si pourtant *sa sœur* nous voyait ? » Il se réjouissait de l'aridité de son cœur !

A la porte du dortoir des *cinquième*, Léniot encore une fois embrassa Márquez, pressa fortement la petite main brûlante, et murmura tout simplement : « A demain, Paquito. » Personne ne les avait vus.

Il avait l'habitude, chaque soir avant de s'endormir, de se remémorer ses paroles et ses actions de la journée écoulée, et de les juger. Il les examinait froidement et ne leur cherchait pas d'excuse. Eh bien, ce soir-là, il s'aperçut qu'il avait, au fond, moins de sujets de contentement qu'il n'avait cru d'abord. Son intervention dans le désordre de l'étude n'était pas l'acte héroïque qu'il s'était imaginé, lorsqu'il l'avait conçu. Il y avait, là-dedans, sans qu'il eût pu dire précisément en quel point particulier, de l'hypocrisie. Assurément les Iturria, avec leur notion exacte de l'honneur scolaire, n'auraient pas agi absolument de cette façon. En somme, dans son intérêt propre, pour faire effacer une mauvaise note qu'il avait méritée, il avait exposé à une punition grave tous ses camarades. Heureusement, tout s'était bien passé. Mais il avait certainement montré au préfet des études un vilain côté de son caractère. Car, l'allocution du préfet des études, à en bien considérer les termes, était beaucoup plus subtile qu'elle ne le paraissait d'abord. Certes, le préfet des études avait vu, d'un seul coup, ce qu'il y avait de basse insolence au fond du cœur de « cet élève modèle ». « Ah! zut! il est fixé sur mon compte, à présent. »

Mais, qu'importait à Joanny d'avoir mérité le mépris de cet homme, si ce mépris ne se traduisait pas par une opposition à ses succès scolaires? Il regrettait seulement de n'avoir pas poussé l'hypocrisie jusqu'au point où elle est invisible. Il sentait que, s'il lui eût fallu commettre une action vile, pour garder ses droits au prix d'excellence, il l'eût commise sans remords. Mécontent de ne pas trouver en lui-même un caractère parfaitement droit, il se précipitait dans l'excès opposé, et se voyait sans déplaisir sous l'aspect d'un traître de mélodrame.

Mais la pensée de Fermina Márquez vint changer le cours de cet examen de conscience. La pensée de la Ferminita est la plus belle pensée qu'on puisse avoir. Et ensuite, il y a le désir d'être aimé de la Ferminita. Mais la voir, ou plutôt la connaître, ou l'avoir connue, suffit à poétiser toute une existence. Des paquebots traversent l'océan Atlantique. Plus tard, quand nous serons des hommes, nous irons dans l'Amérique du Sud. Nous y verrons toutes les femmes avec ces yeux qui auront vu Fermina Márquez. Il y a un proverbe qui dit que les Liméniennes sont les plus caressantes de toutes les femmes; et il y a aussi les romances populaires de la République Argentine, comme *Vidalita*, par exemple, qui sont si amoureusement désespérées!... En cet instant, où Joanny calcule froidement ses chances, l'idée seule que vous existez, Fermina, suffit à consoler tous les petits garçons qui se sont couchés avec un cœur gros parce qu'ils ont été punis pour la première fois, ou parce qu'un camarade plus fort qu'eux les tyrannise... Et il est certain encore que toutes les paroles des romances argentines et des habaneras ont été écrites pour vous.

Le lendemain à la première récréation, lorsque

le petit Márquez s'approcha de lui, Léniot connut tout ce qu'un jeune homme éprouve lorsqu'un enfant, son camarade, l'aime de tout son cœur. Mais enfin, c'était un rôle qu'il jouait, et il ne daigna pas s'attendrir. Quelques horions distribués à propos rebutèrent les persécuteurs de Márquez. Deux semaines plus tard, à la suite des événements rapportés plus haut, il se trouvait en possession de toute l'affection et de toute la confiance que Mama Doloré pouvait donner à un étranger; seul compagnon de la famille pendant ses promenades au parc de Saint-Augustin; et, presque aussitôt, seul confident de Fermina Márquez.

X

Mama Doloré laissa bientôt les jeunes gens tête à tête; ils l'ennuyaient. Elle se promenait lentement entre Pilar et son neveu, fumant, parlant fort peu. Elle avait dit à Joanny et à Fermina :

« Vous parlerez français, n'est-ce pas ? Il faut absolument que la chica apprenne à parler sans fautes. »

Joanny acquiesça volontiers à ce désir. Parlant sa propre langue, il avait deux avantages sur son interlocutrice : il pouvait nuancer à l'infini ses propos; et il pouvait la reprendre si elle faisait des fautes. Et elle, réduite à un vocabulaire plus restreint, exprimerait plus ingénument ses pensées.

La première journée, à elle seule, fut belle comme une aventure, et si fiévreuse, et si gaie, si gaie surtout, que le soir Joanny était plein de cette tristesse lourde et vague qui vient terminer les journées de fête, ou les parties de campagne, lorsque, tout un après-midi, on a trop plaisanté et trop ri. Il était sorti de lui-même pendant quelques brillantes heures, et maintenant il rentrait dans son âme comme un homme, revenant la nuit d'un théâtre, rentre dans sa maison obscure et vide. Le lieu d'où il venait était si brillant qu'il ne distinguait plus rien dans sa vie quotidienne. Il eut un instant d'hésitation; il ne retrouvait plus ce qui naguère le liait si fortement à sa vie; ses intérêts ne l'intéressaient plus.

Il voulut reprendre la version grecque qu'il avait commencée; c'était un poème de Tyrtée, si beau, que les alexandrins français venaient d'eux-mêmes s'appliquer sur les vers grecs. Les versions grecques, et tous les devoirs en général, ont chacun une physionomie particulière; ce n'est pas le texte lui-même, c'est la façon dont il se présente, c'est la manière dont on va le traduire. Joanny regardait bien en face sa version grecque, et il ne la reconnaissait plus. Comment avait-il pu se passionner pour ce griffonnage? Ces ratures mêmes avaient été faites avec amour. Et maintenant c'était une feuille de papier sans valeur, un brouillon. L'inutilité de ces devoirs apparut soudain à Joanny : les brouillons, les copies corrigées! ils disparaissaient sans fin, dans le néant. Tant d'heures passées à les faire, et tant de soin dépensé! Était-il possible qu'il n'en restât rien? Pour la première fois, Joanny apercevait la vanité de sa besogne. Il comprenait la sagesse supérieure des paresseux. Son ambition lui semblait, ce soir-là, une chose si ancienne! Il reprit la traduction de Tyrtée, mais sans enthousiasme, comme une tâche, pour se raccoutumer à son existence. Il n'avait pas de cause précise de chagrin; c'était comme s'il eût épuisé toute la joie qu'il contenait, et qu'il eût trouvé au fond de la tristesse.

Non, il n'avait aucune cause de chagrin; au contraire. Seulement, il avait eu une déception. Fermina Márquez n'était pas telle qu'il se l'était imaginée; les jeunes filles en général n'étaient pas telles qu'il les avait imaginées. Il était allé à Fermina Márquez comme on marche à l'ennemi, plein de terreur, et aussi, plein de courage. Et l'ennemi s'était avancé vers lui la main tendue; au lieu d'un guerrier armé, il avait trouvé un bon camarade; et mieux : une bonne camarade. Il lui avait été reconnaissant de lui éviter ce combat auquel il s'était préparé avec tant de peines. Mais le changement d'attitude qui lui était par là même imposé le dérouta tout d'abord. Il vit tous ses plans par terre : faudrait-il donc se contenter d'une simple amitié? Tout semblait remis en question.

Mais la jeune fille avait parlé et il avait fallu lui répondre. Et Joanny, les nerfs détendus, calmé, eut un avant-goût du grand plaisir que donnent ces causeries, si enfantines et si sérieuses, ces graves et naïves confidences qu'on se fait entre fille et garçon, à quinze ans, — et jamais plus après.

66

Chose remarquable, elle ne s'était pas moquée de lui. Puis elle avait dit ceci qui l'étonna :

« Vous autres Français, vous êtes tellement incompréhensibles : vous passez de la gaieté à la tristesse si facilement. On ne peut jamais deviner les motifs de vos actions. A mon avis vous êtes les plus étrangers de tous les étrangers. »

Joanny s'était senti tout fier d'exciter la curiosité de la jeune fille. « Elle va m'étudier », pensait-il. Il aurait voulu rendre sa conduite, exprès, singulière ; mais il avait trop peur d'être ridicule.

Marchant l'un près de l'autre, du même pas, sur la terrasse, ils avaient causé. Et leurs idées se touchaient, et ils auraient pu décrire leurs deux imaginations comme deux oiseaux volant ensemble dans les allées du parc et jusqu'au cœur des feuillages. Et Joanny goûtait ces caresses spirituelles, auxquelles il n'avait pas songé. Voici que Fermina Márquez était quelque chose de plus qu'une fille qu'il faut séduire : elle existait, et il fallait tenir compte de son existence.

Elle avait dit d'autres choses extraordinaires :

« Est-ce que les études que vous faites ne vous éloignent pas de l'humilité ? »

Cette naïveté était digne d'un jeune garçon. Autre chose : elle avait comparé les bâtiments du collège à un grand paquebot :

« ... Un grand paquebot comme ceux qui font le service entre l'Europe et l'Amérique. La vie que vous y menez, même, y fait songer ; on y mange à heures fixes, et on y dit les prières en commun.

— Non, avait répondu Joanny, le point de ressemblance est que nous ne pouvons pas plus sortir du collège que les passagers ne peuvent sortir du paquebot en marche. Moi aussi, j'ai eu cette idée, les premiers temps que j'étais ici, enfermé. Dans les salles d'étude et dans les dortoirs, enfin partout où l'on ne peut pas voir le parc ni la rue qui passe devant la porte d'entrée, on peut aisément se figurer qu'on est dans un très grand navire, en plein océan.

— Et le bruit du moteur qui fournit l'électricité, n'est-ce pas? c'est le bruit des machines.

— C'est un grand navire qui ne glisse pas sur un océan véritable; c'est sur la mer du temps qu'il s'avance.

— Oui, oui, c'est cela; et quel service fait-il, sur cette mer? Il fait le service d'une grande vacance à l'autre grande vacance?

— On dit : " *les* grandes vacances ", mademoiselle; excusez-moi de vous reprendre, mais j'obéis à Mama Doloré; — oui, vous avez raison; et les vacances de Pâques, de Noël, de la Pentecôte, de la Toussaint, sont les escales du grand navire. On se laisse porter; on vaque à ses occupations; et de jour en jour à travers les saisons, le paquebot avance, presque sans bruit; voyez : le ciel glisse. »

Joanny avait été content de s'être ainsi rencontré avec la jeune fille; c'était une pensée originale, qui supposait une sensibilité particulière. En se quittant, ils s'étaient donné une solide poignée de main. De l'affection pourrait grandir, bientôt, sur le plaisir qu'ils avaient éprouvé à être ensemble.

Cette pensée, et le souvenir de cet au revoir, donnèrent à Joanny le courage nécessaire pour se remettre à sa vie ordinaire. Il penchait, en écrivant avec soin, sa joue sur son cahier; un frisson de plaisir, parfois, parcourait son corps. Il se sentait tellement pur et doux que c'était comme si elle eût été près de lui, là, sur le même pupitre.

XI

Désormais, Joanny aurait trois heures éblouissantes dans sa journée, si éblouissantes qu'elles
éclaireraient toutes les autres heures d'une clarté
nouvelle. C'était de une heure à deux heures, et
de quatre heures à six heures de l'après-midi.

Jamais ses réveils n'avaient été plus joyeux.
Comme l'été s'avançait, l'aube paraissait une
heure au moins avant que le tambour donnât
le signal du lever. Éveillé avant tout le monde,
Joanny regardait le jour grandir; encore engourdi,
les idées confuses, il sentait du bonheur au fond
de lui, quelque part en lui, il ne savait pas au
juste où; puis il se demandait pourquoi la vie
était si belle, et sa conscience, en se réveillant
tout à fait, lui disait : « Fermina Márquez. »

C'était parce qu'il allait voir *la chica* que la vie
était si belle. Couché, il voyait les choses comme
on les voit au début des convalescences. Les fenêtres
surtout étaient belles; vastes, sans rideaux, avec
leurs minces châssis de fer, elles contenaient toute

l'aurore. Il y avait comme un encadrement de buée, et, au-delà, des profondeurs de bleu tendre, de bleu argenté, plus beau que l'azur des images de première communion auxquelles cet azur le faisait songer.

Joanny se souvenait particulièrement d'une de ces images qu'il avait vues dans le livre de messe d'une petite fille, à la campagne. Au verso, il y avait une prière à la Sainte Vierge par Henri Perreyve; et dans cette prière on lisait ceci : « Ayez pitié de ceux qui s'aimaient et qui ont été séparés... Ayez pitié de l'isolement du cœur. » L'isolement du cœur? Maintenant, Joanny comprenait ce que cela pouvait être; son égoïsme s'amollissait, et il avait envie de dire à Fermina tous ses secrets et toutes ses espérances.

Bientôt, il ne pouvait plus rester étendu ainsi; sans bruit, il se levait, allait au lavabo, en revenait, s'habillait; et, prêt avant même qu'eût résonné le tambour, il restait assis au pied de son lit, en face des merveilleuses fenêtres, moins belles, sans doute, que son avenir.

Ensuite on faisait une promenade, en rangs, par classes; un quart d'heure pendant lequel on parcourait les allées du parc, le parc que la nuit venait de quitter, le parc qui, ayant attendu le jour en silence, ouvrait maintenant, frais et grandiose, ses avenues majestueuses au soleil. Nous buvions l'air comme une boisson froide et sucrée, et quand nous rentrions en étude, nous parfumions tous les couloirs de l'odeur des feuilles et de la rosée, dont nous étions imprégnés.

Une activité extraordinaire portait Joanny à travers tous les exercices et toutes les classes de la matinée. Et, dès l'appel au réfectoire, son cœur se mettait à battre de joie et d'impatience. Enfin, au sortir du réfectoire, feignant, pour les autres, un air indifférent, sans se presser, il allait dans le parc, et, sur la terrasse, il retrouvait Fermina Márquez. Ils restaient sur la terrasse, se promenant à pas irréguliers, ou bien s'asseyaient sur un banc de bois adossé à une haie de troènes. Là, personne ne pouvait les voir. Et Joanny tenait beaucoup à ne pas étaler aux yeux de ses camarades la faveur exceptionnelle que Mama Doloré avait obtenue pour lui. C'était un passe-droit trop évident. Mais il sut atténuer le mauvais effet que cela avait produit sur ceux qu'il appelait maintenant « ses rivaux »; il dit dans un groupe où se trouvaient Santos, Demoisel, Ortega et quelques autres :

« Fermina Márquez vous envoie le bonjour et elle espère que bientôt les parties de tennis pourront être reprises. »

Lui-même, il lui avait demandé si elle n'avait rien à faire dire aux amis. Il voulait jouer cartes sur table. Il s'était dit que, le jour où il aurait obtenu une marque de tendresse certaine, alors il passerait à son côté devant tous ses camarades assemblés dans la cour, pas avant. Mais, à présent, ces projets de séduction paraissaient si lointains! C'était comme cette théorie sur les honnêtes femmes et sur les femmes légères : quel enfantillage, mon Dieu! il en avait honte, maintenant. A quoi bon philosopher, et chercher à plaire par système, alors que chaque jour lui apportait sa provision de bonheur? Alors que chaque jour il entendait cette voix, basse et fervente, juste un peu étrangère, à laquelle il mêlait sa propre voix, aisément, délicieusement, comme on respire.

A deux heures, il rentrait en étude, et, à trois heures, il allait en classe. Pendant ce temps, Mama Doloré et ses nièces faisaient une promenade en voiture. Leur victoria, en effet, après les avoir amenées de Paris, les attendait devant la porte du collège. Elles allaient ainsi jusqu'à Sceaux et jusqu'à Clamart, ou bien à Robinson, où elles goûtèrent, plusieurs fois, dans les gros arbres. Et à quatre heures, exactement, elles étaient de retour à Saint-Augustin.

La créole avait toujours un panier plein de friandises pour son neveu, qui se gâtait les dents à sucer des bonbons ou à manger des pâtisseries trop sucrées. Quand il n'y eut plus que Joanny autour d'elle, elle apporta, chaque jour, une sorte de cuisine de voyage. C'était une petite malle en cuir fin, doublée de métal argenté; il y avait un réchaud, une théière d'argent, une chocolatière, des tasses d'argent avec leurs soucoupes, des cuillères, des bassins en porcelaine pour les sandwiches et le beurre, des boîtes pour le sucre, pour le chocolat, pour le thé, des serviettes brodées, une grande bouteille plate pour le lait. Il y avait un si grand nombre d'objets qu'on eût dit la boîte d'un prestidigitateur. On étalait tout cela sur un banc, et Pilar, avec Mama Doloré et le jeune Márquez, aidés du valet de pied, préparaient le goûter pendant que Joanny et *la chica* restaient sur la terrasse. Ils ne venaient que lorsqu'on les appelait, mangeaient vivement ce qu'on leur avait préparé, et retournaient à l'isolement où ils se découvraient.

Son langage à elle avait toujours une certaine retenue, une réserve, comme si une grande pensée eût été derrière tout ce qu'elle disait, comme si elle eût rapporté toute sa vie à cette grande pensée. Joanny lui dit :

« Vous me faites songer à l'*Espagnole anglaise* de Cervantes; vous savez, il dit qu'elle était remarquable " por su hermosura y por su recato " ».

Il balbutia ces paroles, plutôt qu'il ne les dit. C'était le premier compliment qu'il lui faisait; puis, il craignait qu'elle ne se moquât de la façon dont il prononçait l'espagnol; enfin n'y avait-il pas quelque chose de pédant, d'irréparablement collégien dans cette ostentation des lectures qu'il avait faites?

Ce qui plus encore étonna Joanny fut l'insistance qu'elle mettait à parler d'humilité et à dénoncer l'orgueil comme un péché particulièrement affreux.

« Comment pouvez-vous parler de vous humilier, vous qui êtes si belle? »

Il avait dit cela tout naturellement : un premier compliment avait préparé la route. Mais elle pâlit et murmura d'un ton véhément :

« Oh! moi qui ne suis qu'un tas d'ordures. »

Joanny garda un silence embarrassé, mais respectueux. Il sentait vivement, et les expressions outrées ne le faisaient jamais sourire...

Ils firent une expédition. Il l'emmena visiter les classes, les études et les dortoirs. Il lui dit :

« Tenez, voici ma place, en étude. »

Elle regardait les murs sales, le plancher nu et couvert de taches, la chaire sur l'estrade, le tableau noir. C'était si bizarre, de la voir là, avec sa riche robe claire et son grand chapeau d'été! Il osa lui dire :

« Asseyez-vous à ma place; vous verrez comme le banc est dur et comme le pupitre... »

Il voulait exprimer cette idée, que le pupitre, avançant trop, comprimait la poitrine de l'élève; mais il ne trouva pas d'expression convenable et décente. — Elle s'était assise à sa place. Comme il ferait bon y travailler désormais!

Il la conduisit au dortoir La Pérouse, qui était le sien. En entrant, elle se signa, à cause du crucifix accroché au mur. Elle avançait avec précaution sur le carrelage trop bien ciré. Joanny, en rougissant sottement (il se serait battu, de dépit), lui dit :

« Voici mon lit. »

Elle se tenait à une certaine distance des lits, prenant dans son regard tout l'ensemble du dortoir, et nulle place en particulier. Joanny ajouta :

« Nos lits sont bien étroits et bien durs. »

Du doigt elle désigna le crucifix :

« Songez que la croix était un lit bien plus étroit et bien plus dur pour y mourir! »

Joanny la regarda, stupéfait. Il crut qu'il venait de voir très loin en elle. Comme leurs pensées étaient différentes! Lui, il songeait à ce qu'il y avait de piquant, dans le fait de sa présence au milieu de ce dortoir de garçons; et elle, dans le même instant, se livrait aux emportements d'une passion mystique.

Ils redescendirent, en silence; et, en retrouvant la fraîcheur du parc, ils respirèrent plus largement.

Pilar, les ayant aperçus, les appela.

« Qu'avez-vous pour le goûter? » demanda Fermina de sa voix ferme et indifférente.

Pilar fit le geste de rouler, entre ses mains, une spatule dans une chocolatière.

Comme ils s'approchaient, Mama Doloré leur demanda d'où ils venaient. Et, sur leur réponse, elle se mit en colère. A mesure qu'elle parlait, elle s'irritait davantage. Ses reproches se succédaient avec tant de rapidité que Joanny ne distinguait plus les mots. Elle conclut abruptement son discours en se levant et en souffletant Fermina. La jeune fille retint la main de sa tante, cette main qui venait de la frapper, et la baisa respectueusement. Joanny, interdit, ne trouva pas une parole. Et le valet qui assistait à cette scène de famille!

Fermina prit la tasse de chocolat que sa sœur lui tendait. La joue qu'avait meurtrie sa tante devint très rouge et l'autre restait affreusement pâle. Joanny aurait voulu se jeter à ses pieds, couvrir de baisers le bas de sa robe; ou bien, songeant que sa présence augmentait sans doute l'humiliation de la jeune fille, il aurait voulu disparaître. Bientôt, pourtant, elle dit, d'une voix à peine changée :

« Pilarcita, donne donc une petite serviette à M. Léniot. »

En effet, Joanny, tout tremblant et les nerfs secoués, venait de répandre du chocolat sur son gilet.

XII

Le lendemain, il lui demanda :

« Vous êtes très pieuse, n'est-ce pas ? »

Elle hésita, puis elle lui dit :

« Ne parlons pas de cela, voulez-vous ? »

Mais elle y revint d'elle-même. Les allées du parc avaient des noms : allée La Pérouse, allée Sibour, allée Bixio ; ces noms étaient peints sur des plaques de métal clouées çà et là, aux arbres.

« Ce sont les noms d'anciens élèves de Saint-Augustin ?

— Oui » ; et il lui dit ce qu'il en savait. Elle admira l'archevêque Sibour.

« Il est mort pour la vérité, dit-elle avec ferveur.

— Non, c'est une histoire de vengeance. Verger, son meurtrier, était un prêtre interdit, à demi fou.

— Comme vous parlez froidement de tout cela ; Vous ne croyez donc pas ? »

Certainement, il croyait ; mais non pas de la même façon qu'elle. Alors, elle comprit que son devoir était de réchauffer le zèle de ce chrétien si tiède. Elle parla, elle donna libre cours à son exaltation. Ainsi, elle en était arrivée à ne plus penser qu'au Sauveur, même lorsqu'elle parlait de choses indifférentes ou frivoles. Et, même lorsqu'elle dormait, elle sentait Sa présence en elle.

« Et toutes mes pensées sont à Lui; il me semble que je vis dans Sa terrible main, et il faut que je me fasse toute petite, et toute pure grâce à la communion, pour qu'Il ne me rejette pas, dégoûté par la puanteur de mes péchés! »

Elle acceptait avec joie les malaises et les maladies, qui, pensait-elle, la purifiaient. Son amour et son respect des pauvres étaient si grands qu'elle aurait voulu pouvoir s'agenouiller devant eux, dans la rue. Elle souhaitait de leur ressembler. Ces robes élégantes, toute cette vanité mondaine, lui étaient à charge; elle les changeait en instruments de mortification, car elle ne les portait que pour obéir à sa tante, qui exerçait sur elle la puissance maternelle. Parfois même, elle se croyait si semblable aux pauvres qu'il lui paraissait qu'elle marchait vêtue de haillons. Mais cette pensée même n'était-elle pas trop orgueilleuse? Un jour qu'elles étaient sorties à pied, on leur avait dit dans un magasin ! « C'est sans doute trop cher pour vous. » Mama Doloré avait fait une scène, et était partie, furieuse. Mais elle, comme elle avait été heureuse!

« Songez donc, on nous avait pris pour des pauvres! »

Il lui demanda si elle faisait beaucoup d'aumônes.

« Vous savez bien qu'on ne parle jamais de ces choses; l'argent qu'on va porter aux pauvres, ce sont des rendez-vous qu'on a avec leur Père, le Roi du Ciel. »

Joanny regardait cette chrétienne, étonné; un peu gêné aussi : n'y avait-il pas quelque chose d'irrévérencieux dans ce bavardage sacré, dans ces paroles dites ainsi, en plein air, dans un lieu et dans des circonstances tout à fait profanes? La religion qu'on nous enseignait à Saint-Augustin semblait ignorer ces élans. On nous tenait avec soin éloignés de la théologie et du mysticisme. Notre aumônier, un ancien aumônier militaire, avait plutôt l'air d'un vieux gentilhomme et d'un vieux soldat que d'un prêtre. La messe et les vêpres, le dimanche, avaient aussi quelque chose de militaire : on y assistait en grand uniforme, et les domestiques, dans leur meilleure livrée, étaient mêlés à nous. En sorte que la religion était, pour la plupart d'entre nous, associée à des sentiments de discipline et de décorum. C'était un guide infaillible dans les hésitations de la conscience; c'était un abandon de nous-mêmes à la Providence; une grande et resplendissante espérance. Et nous la respections d'autant plus que nous en parlions moins.

« Vous m'étonnez, murmura Joanny.

— Peut-être pensez-vous que c'est le désir d'une

récompense qui m'attire vers mon Dieu ? Mais comment peut-on le voir sur sa croix, et ne pas l'aimer, l'aimer pour lui-même; l'aimer sans espoir de résurrection et de salut ? Mais l'aimer, c'est aussi espérer en lui, c'est l'attendre à chaque instant! »

Joanny, en l'écoutant, croyait voir l'envers de la vie. Les joies mondaines, la richesse, la gloire même, devenaient méprisables et insupportables. Elle remuait en lui tant de pensées, qu'il ne lui en voulait pas de déprécier les choses qu'il estimait le plus. Pêle-mêle, il entendit un panégyrique de sainte Rose de Lima, à qui, disait-elle, elle s'efforçait de ressembler; et elle lui dit qu'elle aurait voulu souffrir tous les tourments de la croix. Un jour qu'elle avait bien soif, elle avait suivi sa tante et sa sœur dans un café du boulevard. Elles avaient commandé des boissons glacées. Et, à l'instant où elle portait son verre à ses lèvres, elle avait songé qu'Il avait eu soif dans Son agonie, et cette pensée était si terrible que la soif qu'elle-même éprouvait lui parut pleine de délices; et elle avait donné son verre intact à Pilar...

Elle disait tout cela d'une voix sourde et haletante. Joanny l'écoutait sans l'interrompre. C'était le secret de sa vie qu'elle lui livrait. Après de telles confidences, pourrait-elle l'oublier ? Elle ne montrait pas tant d'abandon à Mama Doloré. Elle semblait la considérer plutôt comme une mère tyrannique et capricieuse que Dieu lui avait

donnée pour exercer sa patience. Et assurément
Pilar n'était pas la confidente de sa sœur. Alors?
Alors, il était donc son ami?

Quand ils se quittèrent, ce soir-là, leur poignée
de main fut plus étroite et plus longue qu'à l'ordinaire. C'était une promesse tacite de se garder
leurs secrets. Elle lui dit qu'elle lui apporterait,
le lendemain, une *Vie de sainte Rose de Lima*.

Léniot, pour la première fois, arriva un peu
en retard en étude. Tous les élèves étaient déjà
au travail. En passant devant l'étude de philosophie, il vit, par la porte entrouverte, Santos
debout au tableau noir qu'il couvrait d'équations.
« Il ne se doute guère qu'il a joué au tennis avec
une sainte! » Cette idée fit sourire Joanny. Ainsi
il était seul à savoir que, derrière cette gaieté,
derrière cette coquetterie même, il y avait une
foi si vive, un tel mépris du monde et des richesses.

XIII

Ils eurent une autre conversation, dont l'amour
chrétien fit tous les frais. Puis il lut la *Vie de sainte
Rose de Lima*. Jamais cette fille, qui se proposait
de vivre d'après un pareil modèle, ne pourrait
aimer un homme. Quelle désillusion! Pourtant,
quand il plaça, parmi ses livres, dans son pupitre,
ce livre qu'elle avait dû si souvent feuilleter, il
fut content d'avoir au moins, d'elle, cette chose.

« Pauvre petite », se dit-il, comme une pensée
nouvelle venait de briller en lui, « pauvre petite,
si *elles* t'avaient entendue parler ainsi, comme elles
se seraient moquées de toi! » *Elles*, c'étaient les
demoiselles de sa province, celles qui l'avaient
tant fait souffrir, avec leurs railleries. Car la
bêtise a ceci de terrible, qu'elle peut ressembler à
la plus profonde sagesse. Lorsqu'elle parle, elle
se trahit aussitôt; mais où elle reste cachée, où elle
ressemble à la sagesse, c'est lorsqu'elle se contente
de rire. Ces jeunes filles étaient « très pieuses et
très bien élevées »; intellectuellement, elles étaient

les produits de pensionnats très bien pensants; et tout ce qui leur semblait extraordinaire, sans pourtant les effrayer, leur semblait du même coup ridicule. Elles avaient des chuchotements, des regards qui en disaient long, des sourires pincés, et le rire, l'épouvantable rire, léger, qui accueille toutes les grandes et nobles idées qu'ont les jeunes collégiens trop enthousiastes. Leur piété de demoiselles « comme il faut », fières des dots qu'elles auront, était tellement au-dessous de cette piété enflammée qui faisait rayonner le visage de la jeune Américaine! Ah! comme il les méprisait et comme il se prenait à aimer Fermina Márquez, à la seule pensée que sa grandeur d'âme pourrait être l'objet des railleries de ces « beaux partis » de province. Maintenant il était certain qu'il était épris d'elle, — sans espoir, bien entendu; mais aussi pour toujours, naturellement.

Il s'avouait sa défaite : il avait pensé se faire aimer et c'était lui qui était tombé amoureux. Ce qu'il redoutait le plus au monde était arrivé. Il s'étonnait surtout que son travail n'en souffrît pas. Bien loin de se relâcher ou de se laisser distraire, il travaillait, en effet, plus que jamais. Il avait pris l'habitude de la supposer toujours présente à son côté. D'abord ce n'avait été qu'un jeu de son imagination, il eût rougi de révéler à quelqu'un cet enfantillage. Maintenant c'était presque une hallucination. Le timbre de sa voix lui était devenu si familier qu'il croyait l'entendre, elle absente. N'était-ce pas le bruissement de sa robe? N'était-ce pas le poids de son cher corps qui se posait sur le banc? Son corps... il n'y voulait pas songer. C'eût été une profanation. Il vivait, en sa présence comme nous vivons en présence de notre ange gardien.

Ainsi, quand il la retrouvait, chaque jour, dans le parc, il lui semblait l'avoir quittée depuis quelques instants. Il aurait voulu lui dire : « C'est pour vous que je travaille; pour vous et en songeant à vous. Et, si je veux remporter tous les prix de ma classe, c'est pour avoir un peu de gloire à vous offrir; c'est parce que celui que vous avez pris pour confident ne peut pas n'être pas le premier d'entre les hommes! »

XIV

« Assurément, je crois; mais non pas à votre
manière. Ne vous l'ai-je pas déjà dit? »

Joanny pensa qu'il devait, à son tour, lui
confier ses plus secrètes pensées. Depuis longtemps il souhaitait de les dire à quelqu'un. Il
avait renoncé de bonne heure à découvrir son
cœur à ses parents. Nos parents ne sont pas faits
pour que nous leur découvrions nos cœurs. Nous
ne sommes pour eux que des héritiers présomptifs.
Ils n'exigent de nous que deux choses : d'abord,
que nous profitions des sacrifices qu'ils font pour
nous; et ensuite, que nous nous laissions modeler à
leur guise, c'est-à-dire que nous devenions bien
vite des hommes, pour prendre la suite de leurs
affaires; des hommes raisonnables qui ne mange-
ront pas le bien si péniblement acquis. « Ah! chers
parents! nous deviendrons peut-être des hommes;
mais nous ne serons jamais raisonnables. » — On
dit cela, jusqu'à vingt ans, parce qu'on se croit
né pour de grandes choses.

Du reste, les parents de Joanny avaient trahi

sa confiance. Ce qu'il leur avait raconté, à ses premiers retours du collège, — l'histoire de la classe abandonnée où l'on allait fumer en cachette, par exemple; et l'histoire de la bouteille de champagne apportée par un domestique aux élèves de philosophie, — tout cela avait été mystérieusement rapporté au préfet des études. Lorsque l'idée que son père était le « mouchard » avait traversé son esprit, Joanny avait rougi soudain : le plus doux des liens qui l'avaient jusqu'ici rattaché à *ses vieux* venait de se briser. Dès lors, il ne leur confia plus rien. Eux, ne s'aperçurent pas de ce changement : l'enfant avait de bonnes notes pour sa conduite et pour son travail : que pouvaient-ils demander de plus?

Surtout les confidences que Joanny avait à faire n'étaient pas de celles que le premier venu peut entendre. C'étaient de grandes et sublimes pensées, destinées à régénérer le monde. Or, les bourgeois sérieux, ceux qui travaillent, n'aiment pas la politique abstraite, les idées pures, les utopies. Ils ne perdent pas de vue les intérêts matériels. Joanny sentait, entre les opinions de ses parents et ses propres rêves, un contraste pénible, presque ridicule. Et du reste, la grande idée de Joanny Léniot était pour faire sourire tous les honnêtes gens. Il était partisan d'un retour à l'hégémonie impériale romaine, telle que cette hégémonie existait sous Constantin et sous Théodose.

Nous lisons Victor Duruy sans enthousiasme, et c'est tant pis pour nous. Car si l'enthousiasme n'est peut-être pas dans l'*Histoire romaine* de Duruy, au moins devait-il être en nous. A un âge où nous commencions à nous gorger d'Émile Zola et de Paul Bourget, à l'abri derrière nos pupitres, Joanny Léniot s'enivrait d'histoire romaine. Les temps légendaires, la royauté et les débuts de la République lui importaient peu. C'est à partir de la troisième guerre punique que cela devenait vraiment intéressant. Mais le monde civilisé, une fois assis dans la paix romaine, offrait un spectacle plus admirable encore. Ensuite l'établissement de la monarchie impériale avait été le couronnement de l'œuvre.

Oh! pourquoi l'Empire n'avait-il pas su mieux assimiler les Barbares? Pourquoi tous ces petits royaumes? Sans doute, Clovis reçut la pourpre consulaire; en fut-il moins roi des Francs? Il est vrai que l'Église restait, puissante et respectée, comme si l'Empire, à force d'être divin, s'était confondu avec elle, — l'Église devenant un Empire spirituel. Et encore aujourd'hui, l'Église était ce qui reste de l'Empire.

« Oui, je vénère ce reste de l'Empire, je m'y attache désespérément », expliquait Joanny à sa nouvelle amie. « Pourquoi Charlemagne a-t-il permis que l'Empire fût partagé? Pourquoi Charles Quint n'a-t-il pas fait une nouvelle conquête des Gaules? Pourquoi Napoléon ne s'est-il pas fait couronner empereur d'Occident? Qu'est-ce que ce nom de tribu barbare dont on m'affuble : Français? Je ne suis pas Français. Mon catéchisme me dit que je suis catholique romain, et moi je traduis cela ainsi : Romain et maître du monde! Mon souverain, mon unique maître, c'est ce grand vieillard maigre, qu'on représente toujours vêtu de blanc, le divin-auguste Léon, Empereur d'Occident! Je l'ai vu; j'ai tant supplié mes parents, qu'ils m'ont emmené à Rome, aux dernières vacances de Pâques. Nous avons obtenu une audience; je lui ai parlé. Il me fallait lui dire : " Oui, Saint-Père; non, Saint-Père. " Mais mon cœur, mon cœur indomptable criait : " César! "

— Alors que lui-même, dans son humilité, n'a voulu d'autre nom que celui de serviteur des serviteurs de Dieu!

— Oui, vous me croyez impie, je le vois bien. Il vous semble que j'adore Dieu, non parce qu'il est Celui qui est, mais parce qu'il est le Dieu de Rome. Mais le Dieu de Rome, le Dieu qui a pris la place de Jupiter capitolin, pourrait-il n'être pas le vrai Dieu? Si vous saviez comme, vue du Pincio, Rome semble près du ciel!... Vous ne pouvez pas vous imaginer ce que j'éprouve, pendant la messe. »

Joanny se tut, haletant. Ce n'étaient plus des confidences, maintenant; c'était un appel passionné. Il ne doutait pas, dans l'ardeur de son enthousiasme, qu'il n'entraînerait l'opinion de celle qui l'écoutait.

« Lorsque je regarde l'autel, ce ne sont pas des cierges allumés, des draps et des fleurs d'or, c'est la majesté romaine que je vois. Le prêtre, les fidèles, tous sont assemblés là en qualité de catholiques romains ; autant dire, de Romains, n'est-ce pas ? La Ville est aux mains des infidèles ; les divinités de l'Empire sont tous les jours insultées ; et cependant, ceux qui sont dans cette maison se glorifient d'être appelés Romains. O mânes de Caton, voici les derniers citoyens !... Là, dans cette maison du Seigneur, j'entends parler encore la langue de ma vraie patrie : le latin. Car votre castillan, et notre français, et l'italien encore ne sont que des dialectes issus du latin parlé », poursuivit Joanny, récitant malgré lui sa grammaire ; « ce sont des langues vulgaires, d'anciens patois de paysans. Un temps viendra, vous dis-je, où de nouveau on enseignera le latin dans toutes les écoles de l'Empire, le latin classique, et où tous les vulgaires seront oubliés. Et ce jour n'est peut-être pas si éloigné qu'on pense...

« Voulez-vous, mademoiselle, que je vous dise une chose ? Mais vous ne la répéterez à personne, vous me le promettez ? Eh bien, j'ai appris, tout seul, à prononcer le latin à peu de chose près comme les anciens Romains le prononçaient. Il m'a fallu longtemps. Parce que, d'abord, je ne pouvais pas m'exercer à haute voix ; dans les collèges français, on prononce le latin d'après certaines règles, et, si l'on s'écarte de ces règles, les autres élèves rient, et puis les professeurs n'aiment pas cela. Les Américains, quand ils sont nouveaux ici, prononcent le latin à l'espagnole; mais on leur apprend bien vite à le prononcer à la française. Il ne s'agit pas seulement de certaines lettres; il s'agit aussi de la quantité des voyelles. C'est parce que je l'ai bien apprise que je suis bon en vers latins. Parfois, quand je suis seul, et surtout pendant les vacances, en me promenant dans la campagne, je me récite de longs passages de Lucrèce, de Virgile et d'Ovide, en accentuant les mots à la romaine. Vous ne pouvez pas savoir quel plaisir c'est pour moi. Il me semble que je parle, dans leur propre langue, à tous ces grands hommes de l'antiquité, et qu'ils me comprennent! Par malheur, il faut que je me surveille attentivement, en récitant les leçons et en lisant les textes des versions; je n'ai pas envie qu'on s'aperçoive que je n'accentue pas comme tout le monde...

« Mademoiselle, je ne vous ennuie pas, au moins? »

Elle répondit : « Non, vous ne m'ennuyez pas. » Et elle ajouta dans un soupir : « Monsieur Léniot, pourquoi ne faites-vous pas un meilleur usage des dons que Dieu vous a faits? »

« Tiens, pensa Joanny, flatté, elle s'aperçoit que j'ai des dons. »

Il reprit :

« Tout le mal est venu du morcellement de l'Empire. Le nombre des habitants avait augmenté, j'en conviens. Mais c'était assez de deux Empires, l'un à l'orient et l'autre à l'occident, d'un Empire-Janus plutôt, présentant les deux faces du monde civilisé à la barbarie de l'univers. Pourquoi a-t-on permis à des usurpateurs de prendre les titres de roi d'Angleterre, de duc de Bourgogne, de roi de France ? Mais non, partout où sonne la parole romane nous sommes sur le territoire de l'Empire : voyez, autour de nous, les Gaules, dans la plénitude de leur été; voyez, là-bas, Lutèce. Elle a grandi, certes, Lutèce des Parisiens, depuis le temps où l'empereur Julien y venait passer les mois d'hiver; — non, c'était avant qu'il devînt empereur. La population de l'Empire a augmenté : il faudra plus de fonctionnaires qu'autrefois, voilà tout. — Il y a aussi les Amériques, l'Australie, les colonies européennes d'Afrique. Mais l'administration qui a gouverné la moitié de l'Empire pourra bien gouverner la moitié du monde. — Au moins, vous ne me trouvez pas ridicule ? »

Elle l'écoutait sans ennui.

« C'est que, reprit Joanny, lorsque j'ai parlé de cela, une ou deux fois, on s'est moqué de moi. Mon correspondant, à Paris, un dimanche, m'a d'abord écouté sans rien dire, puis il m'a conseillé de lire un roman de Flaubert, *Bouvard et Pécuchet*, pour y trouver des idées " du genre de la mienne ". J'ai bien compris, au ton, qu'il voulait plaisanter, et je ne tiens pas à lire ces livres modernes, qui ont été écrits par des auteurs qui ne seraient peut-être pas capables de traduire leurs propres ouvrages en bon latin!... Une autre fois, j'ai voulu faire comprendre mes idées à un vieil ami de ma famille, qui me paraissait plus intelligent que le reste de la compagnie. Il s'est mis à rire tout de suite, et m'a dit qu'il avait vu bien des réactionnaires dans sa vie, mais qu'il n'avait jamais rencontré un homme qui fût aussi réaction-naire que moi, et que ce n'était pas beau, pour le fils d'un vieux républicain, d'avoir de ces idées-là. — Parce que, dans l'intérieur, ou, comme nous disons, en province, les enfants doivent avoir les mêmes opinions politiques que leurs parents : s'ils y manquent, on les mésestime. Oh! made-moiselle, vous ne pouvez pas vous figurer combien l'intérieur est encore sauvage! — Enfin, cet homme riait. Alors, pour l'agacer, je lui ai dit que je me considérais, non pas comme un Français, mais comme un citoyen romain. J'avais deviné juste : ça l'a mis en colère tout de suite. J'avais dérangé ses pauvres larves d'idées, et elles grouillaient dans son crâne étroit. Il était tout rouge. Comme il me paraissait petit, borné; il tenait dans ma main; il s'y trémoussait, comme un insecte qu'on taquine. Je voyais en lui, non pas un homme, mais un produit manufacturé, une machine à dire ce

qu'il faut dire et à penser ce qu'il faut penser. Ah!
si jamais je me suis senti supérieur à quelqu'un,
c'est bien à cet imbécile!

— Oh! monsieur Léniot, ce n'est pas bien de
parler ainsi! »

Il y avait un tel accent de reproche dans
la voix de la jeune fille, que Joanny se tut, tout
décontenancé. Il avait, jusque-là, déclamé, avec
le bel aplomb que lui donnait la certitude d'être
approuvé entièrement de celle qui l'écoutait. Et,
bien au contraire, la voici qui protestait, à bout
de patience, contre ses paroles. Enfin, quoi, il lui
avait déplu; et c'était ce qui pouvait lui arriver
de pire. Il continua de parler, mais son cœur
n'était plus dans ce qu'il disait. Tout ce qu'il se
disposait, l'instant d'avant, à exprimer brillam-
ment, lui parut soudain ridicule, vain et sans
intérêt. Il prit un détour, entama le chapitre des
vertus romaines. Il exalta la pauvreté surtout :

« Rome, dit-il, est la fille aînée de la pauvreté :
voilà le secret de sa puissance. Les poètes du
siècle d'Auguste eux-mêmes s'en rendaient compte.
Écoutez ce que dit Horace :

> *Hunc...*

« Ce mot se rapporte à Fabricius dont il vient
de parler.

> *Hunc et incomptis Curium capillis,*
> *Utilem bello tulit, et Camillum*
> *Saeva paupertas et avitus arto*
>   *Cum lare fundus!*

« *Sæva paupertas* : la " cruelle pauvreté " »...

Joanny resta bouche bée; il venait de lire dans les yeux de la jeune fille une pensée qui l'affola. Ces yeux semblaient dire : « Est-ce une insolence ? se moque-t-il de moi ? » Il se souvint alors qu'une dame, à qui il avait déclamé, un jour, un passage de Tacite, lui avait dit d'un ton fâché : « Vous pouvez bien m'insulter si vous voulez, je ne comprends pas ce que vous dites. »

L'appel à l'étude du soir les sépara aussitôt. Elle ne lui tendit pas la main...

Toute la soirée, Joanny eut les tempes bourdonnantes et les joues enflammées. Il lui avait déplu. Il avait été ridicule, d'abord; et, ensuite, odieux! Ah! ces grandes tirades bêtes et puériles : « Léon, empereur d'Occident », et l'invocation aux mânes de Caton! Il y avait là de quoi mourir de honte. Il aurait voulu renier ces phrases. Au moins, s'il les avait écrites, il aurait pu les effacer avec une gomme. Mais il n'y a pas de gomme, au monde, qui puisse effacer dans la mémoire des autres les paroles que nous leur avons dites. Il aurait dû, aussi, s'excuser d'avoir fait cette citation latine. Mais ce qui avait dû la scandaliser, c'est qu'il s'était moqué de ses propres concitoyens et qu'il avait renié sa patrie.

« Ça doit lui sembler monstrueux, à cette pauvre fille! Rien de plus conservateur que les femmes; leurs idées sont toujours en retard d'une génération au moins! »

Lorsque, du haut de son esprit, il avait raillé la sottise du républicain de province, comme le bon sens, l'infâme bon sens, outragé, avait frémi en elle! Quoi, elle était de tous points pareille au « produit manufacturé » qui l'avait mis en colère. Alors il regretta de ne l'avoir pas scandalisée davantage, de ne l'avoir pas poussée à bout. C'est un jeu : avec quelques paradoxes bien choisis, on fustige l'intellect des sots : d'abord ils se fâchent, et puis ils finissent par hurler comme des chiens. Oh! le joli petit jeu de société!

Les sots? Mais qu'est-ce que les sots? La distinction, si nette, qu'il établissait, correspondait-elle à la réalité? C'était vraiment trop simple, de dire qu'il y a deux classes d'hommes : les imbéciles et les gens intelligents, et de se ranger, naturellement, au nombre de ces derniers! Et pourtant les poètes classiques se font un mérite de mépriser le vulgaire. Ah! il était fatigué de ces réflexions. La vérité, c'est qu'il y a des choses qu'il ne faut pas dire devant tout le monde. De même qu'on ne s'habille pas d'une manière extraordinaire pour aller dans la rue, à cause des gamins qui vous régaleraient d'un charivari; de même il ne faut pas laisser voir à tout venant les pensées extraordinaires qu'on a; on pourrait s'entendre dire : « Oh! monsieur Léniot, ce n'est pas bien, de parler ainsi. »

Et lui, qui avait pensé trouver, à défaut d'une amante, au moins une amie, une camarade à qui il pourrait tout dire, une égale! *Une égale!* — Bon! il retombait encore dans ses théories sur la bêtise des gens. Il lui avait déplu, et voilà tout.

Le lendemain, il s'excusa de son mieux :

« Je vous ai bouleversée, hier soir, avec mes paradoxes; et j'ai été assez impoli pour citer du latin. Dites que je vous ai bien ennuyée?

— Mais non, je vous assure; et vous ne m'avez pas du tout *bouleversée.*

— Vous êtes bien bonne, de me dire cela. Mais, désormais, nous serons bons camarades, n'est-ce pas?... Je voudrais tant vous laisser un souvenir qui ne soit pas mauvais. »

Elle ne répondit rien. Il se sentit très loin d'elle, tout à fait étranger à sa vie. Mais ce ne fut qu'une impression passagère.

Ils ne firent jamais plus allusion à cet incident.

XV

A quelques jours de là, il lui rendit la *Vie de sainte Rose de Lima*. Il avait retrouvé dans ce livre plusieurs des expressions les plus vives qu'elle avait employées dans leurs entretiens, par exemple : « Le lit étroit et dur de la croix. » Il aurait pu lui parler de cela; mais il eut peur de lui faire trop de peine. Il se contenta de dire, en prenant, malgré lui, un air important :

« C'est une vieille traduction espagnole des Actes des Saints. Cela sent son castillan de la fin du Siècle d'Or.

— Vous connaissez aussi la littérature espagnole? Vous êtes un vrai savant, monsieur Léniot.

— Oh! mademoiselle... »

Elle ne se moquait pas; elle s'était même efforcée de mettre un ton respectueux dans sa question. Joanny se rengorgeait.

« Mais si : M. Santos Iturria a dit un jour devant moi que vous étiez le meilleur élève du collège. »

Alors, il essaya de lui expliquer le classement

des devoirs, les compositions, le tableau d'honneur. Mais il y mettait trop d'ardeur, et l'on voyait tout de suite qu'il y attachait une importance exagérée. En dehors du collège, tout cela n'était d'aucun prix, et à peine compréhensible. Il se tut, interdit; il n'osait plus prononcer le mot « composition », qui soudain lui parut exprimer une idée enfantine, dont les grandes personnes sourient non sans raison. Il sentit que le défaut de maturité de leur esprit se trahissait dans tout ce qu'ils disaient, dans la manière dont elle avait exprimé ses sentiments religieux comme dans la façon dont il lui avait parlé de l'histoire romaine.

« Vous travaillez beaucoup? dit-elle.

— Oui, beaucoup. On croit que j'apprends facilement, mais ce n'est pas vrai; mon esprit est lent, je ne saisis pas les choses du premier coup. Vous voyez que je vous avoue même mes imperfections. »

Elle lui demanda si c'était par goût pour ses études ou bien par obéissance pour ses parents qu'il se donnait tant de peine?

« Non, c'est pour plaire à quelqu'un; c'est pour être digne de quelqu'un... Il y a un mois, je ne savais pas au juste à qui je voulais plaire, mais je savais que cette personne viendrait. C'est pour honorer sa venue que je décorais de gloire toute ma vie, que je faisais de ma vie un beau palais qu'elle viendrait habiter. Maintenant cette personne est venue... C'est vous. »

Et voilà, c'était dit. Elle ne rougit pas; elle restait calme. Elle était si belle qu'il croyait sentir la chaleur de son visage. Bientôt elle demanda en quelle classe était Santos Iturria. Puis elle ne parla plus que de choses insignifiantes. Ils se séparèrent plus tôt que de coutume.

Imprévue, presque inaperçue, la grande période était arrivée, avait été dépassée — dans un profond silence. C'était un échec bien complet, cette fois. Joanny était furieux d'avoir menti pour rien. Car enfin ce n'était pas pour les beaux yeux, — assurément très beaux, — de Fermina Márquez qu'il travaillait. Cela devait arriver : maintenant, il la détestait, cette dévote!

Le lendemain et les jours suivants, jusqu'aux vacances de la Pentecôte, ils restèrent constamment près de Mama Doloré et n'échangèrent que des propos de politesse.

XVI

Camille Moûtier était un élève de cinquième.
A treize ans, c'était un petit garçon pâle, aux
cheveux bruns toujours coupés trop court, aux
yeux tristes. On devinait que ses regards avaient
été vifs et malicieux, mais autrefois, avant son
entrée au collège. Car il n'était pas fait pour la
vie de collège. Pour lui, elle était un supplice
renouvelé tous les jours. On comprenait, en l'ob-
servant, qu'il avait tellement pris l'habitude de
souffrir que la souffrance était devenue sa meilleure amie.

Il n'aspirait qu'à se faire tout petit, qu'à disparaître. Il connaissait la douleur qu'infligent
les maîtres, l'administration aveugle, par leurs
réprimandes et leurs punitions. Et il connaissait
aussi la douleur qu'infligent les autres, les camarades brutaux, surtout ceux qui savent torturer les
âmes par des railleries affreuses, ou par des humi-
liations qui font souhaiter la mort. Déjà même,
plusieurs fois, il avait songé à se tuer; mais une

crainte religieuse l'en avait empêché. Il se résignait donc à vivre. Et même il essayait de paraître gai, pour ne pas s'attirer, par un air maussade, plus de persécutions. Quelquefois, ne pouvant presque plus retenir son envie de pleurer, sur les rangs ou au réfectoire par exemple, il se mettait à faire des grimaces, dont tout le monde riait, mais qui l'aidaient à refouler ses larmes.

Camille Moûtier était vite devenu un très mauvais élève. En effet, les punitions et les mauvaises notes étaient bien plus faciles à supporter que les mille taquineries des camarades. Il s'était bien battu les premiers temps, et il lui arrivait bien encore de donner quelques coups de poing, quand un peu de colère se ranimait en lui. Mais sa colère avait été usée par le désespoir. Les taquins s'acharnaient sur lui. Et de plus, sa fierté était si délicate, que certaines plaisanteries, que d'autres eussent supportées sans chagrin, et qu'on fait cesser en ripostant une fois pour toutes, l'affectaient comme des injures graves, dont le souvenir le torturait. Mon Dieu, nous ne pouvons pas être bons.

Il attendait la nuit pour pleurer à son aise. Si l'on n'a pas mis votre lit en portefeuille, et si l'on n'a pas glissé une assiette pleine de purée entre vos deux draps, vous pouvez pleurer tout votre soûl. Camille Moûtier attendait que tout le monde fût endormi; alors tout son chagrin montait dans ses yeux, débordait, et coulait doucement sur ses joues. J'ai souvent prêté l'oreille à ces grands désespoirs d'enfants : on n'entend pas de sanglot, on n'entend rien, sinon, à de longs intervalles, *un petit sifflement*. Si le surveillant était éveillé, il pourrait croire qu'un mauvais plaisant sifflote.

Aussi la joie que lui apportaient les vacances était-elle presque trop grande pour le petit Moûtier. Ces vacances! il jouissait d'elles dans toutes leurs minutes. C'étaient des rendez-vous avec lui-même; il s'y retrouvait, libre et gai comme avant son entrée au collège. Pour quelques jours ou quelques semaines, il cessait d'être une pauvre chose souffrante et pleurante. Et ses parents, le voyant si joyeux, si attentif à ses jeux, si « enfant », s'attendrissaient sur l'insouciance et le bonheur sans mélange de l'enfance; de l'enfance telle que Madame Amable Tastu et Victor Hugo l'ont chantée : le meilleur temps de la vie.

Mais l'entrée de Fermina Márquez dans l'existence du collège enleva beaucoup de leur bonne saveur aux vacances du petit Camille Moûtier. Maintenant il avait trouvé quelque chose à aimer dans son enfer. Dès la première minute, il fut certain qu'il n'oserait jamais s'approcher d'elle, qu'il ne serait jamais rien pour elle. Avant même d'avoir été aperçu d'elle, il priait pour elle tous les soirs. Il fut jaloux de Santos et il fut jaloux de Léniot. En pensée, il se donnait à elle, pour toujours, ne voyant plus rien au monde, sourd, extasié.

Il se remit à vivre.

Plusieurs combats, où il eut le dessus, écartèrent de lui, pour quelque temps, les taquins. Alors il osa faire connaissance avec le petit Márquez, qui était aussi en cinquième. Être vu avec Márquez lui plaisait; est-ce qu'ainsi il n'était pas plus près d'elle; est-ce que son nom n'était pas associé, dans la pensée de ceux qui le voyaient marcher au côté de Márquez, avec son nom à elle? On écrivait sur les murs les noms de ceux qui devenaient des inséparables; les amitiés trop exclusives étaient tournées en ridicule, et on les persécutait si bien, qu'on réussissait parfois à les rompre. Eh bien, le jour où Camille Moûtier lut sur les murs du manège, l'inscription : « Moûtier et Márquez », il fut plus gai qu'il n'avait jamais été depuis son entrée à Saint-Augustin : « Si elle avait lu cela! »

Il ramenait à elle tous ses propos : parler de son frère, c'était encore, pour lui, parler d'elle; parler de Paris, où elle habitait, c'était encore parler d'elle; parler de la Colombie, parler de l'Amérique, parler de l'histoire d'Espagne, parler de la bataille de Rocroi, c'était encore parler d'elle. Les progrès qu'il fit en castillan furent étonnants : le castillan n'était-il pas la langue maternelle de Fermina Márquez? Et, dans ce prénom étranger : Fermina, il voyait quelque chose d'admirable; ce prénom résumait pour lui toute la beauté du monde. C'était la plus belle parole qui fût sortie de la bouche des hommes. Il n'aurait jamais trouvé le courage de dire à haute voix : Ferminita. Ce diminutif était trop familier, trop près d'elle.

Pourtant, s'il avait pu être vu par elle... seulement vu!... A la Pentecôte, il eut la chance de passer un jour entier à Paris; un vrai jour vivant de Paris, et non pas un de ces dimanches renfrognés et mornes, lorsque tous les magasins se sont fermés exprès pour n'être pas vus des collégiens et des Saint-Cyriens. Les Saint-Cyriens, eux, semblent sourire avec mystère en passant le long des devantures closes : ils ont vu les étalages jeudi dernier. Mais pour les collégiens, pas d'étalages : cela pourrait leur faire oublier leurs thèmes. Jusqu'aux librairies qui sont oblitérées : les collégiens doivent se contenter des éditions classiques; et la littérature contemporaine n'est pas faite pour eux. Du reste, elle ne vaut rien : MM. les surveillants généraux, qui se montent des bibliothèques avec les romans confisqués aux élèves, vous donneront à entendre que, pour commencer à avoir du talent, un auteur doit être mort depuis soixante-quinze ans.

Camille Moûtier avait passé tout un samedi à Paris, chez son correspondant qui, s'étant souvenu de l'existence du petit collégien, l'avait envoyé chercher à Saint-Augustin par son domestique. C'était une corvée pour le domestique : il dut faire semblant d'écouter tout ce que ce petit garçon lui dit de l'Amérique et des beautés de la langue castillane. Arrivé dans l'appartement sombre de la rue des Saints-Pères, Camille Moûtier fut aussitôt confié à un neveu de son correspondant, un jeune homme de vingt ans, qui faisait son droit.

Camille l'avait déjà vu, ce grand étudiant en droit; mais il n'aurait su dire en quel lieu ni quand. Cet appartement et cette famille lui apparaissaient toujours comme des choses et des gens vus en rêve, dans un rêve qui revient quelquefois, mais qui ne dure jamais assez pour que l'aspect des lieux et que les traits des gens se gravent dans la mémoire du dormeur. Même la notion de leurs liens de parenté était incertaine, pour lui; cette vieille dame, était-elle une invitée de chaque dimanche, une tante de province, ou bien la mère de son correspondant? Il les prenait les uns pour les autres. Il ne reconnaissait avec certitude que son correspondant lui-même : il avait toujours une redingote à revers de soie et une calotte de velours noir.

Il pouvait bien les ignorer; eux, ne se gênaient pas pour lui : ils continuaient devant lui leur existence quotidienne, parlant de choses et de personnes qu'il ne connaissait pas. C'était un rêve, ni bon ni mauvais; fatigant, plutôt; parce que, bien qu'il évitât avec soin de se mêler à l'action des personnages, il devait s'observer et répondre quand on l'interrogeait. A table, par exemple, vous ne savez jamais si c'est vraiment à vous qu'une question s'adresse.

Donc, en ce jour d'été, sous le plafond des rues fraîchement peint en bleu, Camille Moûtier rêva qu'il se promenait avec Gustave, le fantôme qui faisait son droit. Gustave était un peu honteux d'être vu avec un potache. Et toute conversation, avec ce gosse, lui semblait impossible : ils n'avaient rien de commun. C'était une journée perdue. Mais bah! il retrouverait bien d'autres journées d'été qui le dédommageraient de celle-ci; d'autres journées passées en des compagnies infiniment plus intéressantes. Il répondait par monosyllabes à Camille Moûtier qui lui expliquait abondamment la découverte du Darien, l'expédition de Balboa, et comment la Nouvelle-Grenade était devenue la Colombie. Ce petit garçon savait bien sa géographie. Un peu plus tard, la voix du petit garçon trembla très fort, et Gustave, qui ne songeait même plus à lui, avait prêté l'oreille : le petit garçon parlait d'un de ses camarades, nommé Francisco Márquez, et de la sœur de ce camarade, Fermina. Gustave blasphéma :

« Fermina! En voilà un nom à coucher dehors! Fermina! »

Devant le beau magasin de jouets qui est au coin de la rue du Louvre et de la rue de Rivoli, sous les arcades, ils s'arrêtèrent. Le petit garçon, comme il sied à un petit garçon, ne se lassait pas de regarder l'étalage. Il fallut entrer dans le magasin. Et Gustave fut surpris de voir que le petit garçon achetait un petit drapeau, un drapeau de soie imprimée collé à une hampe de fer. « Qu'est-ce que le petit garçon voulait faire de cet accessoire de cotillon? » Vraiment, les grandes personnes ne savent rien comprendre.

Et, le lendemain de la rentrée, à la récréation d'une heure, Camille Moûtier, ayant aperçu Mama Doloré et ses nièces dans le parc, sortit de la cour, le cœur battant très fort. Une fois hors de la vue des surveillants, il se mit à courir, et, comme un beau chevalier paré des couleurs de sa dame, il passa devant Fermina, tenant à la main un petit exemplaire du drapeau colombien, flottant!

« Tiens, s'écria la jeune fille, le drapeau de mon pays! »

Camille Moûtier revint sur ses pas, et balbutia :

« J'allais le porter à Paquito; où est-il, mademoiselle? » Il n'attendit même pas la réponse. C'était déjà trop pour son courage. Il se sauva.

Ce fut la grande aventure qu'il eut cette année-là.

XVII

Santos Iturria, à la rentrée des vacances de la Pentecôte, parut avec une physionomie radieuse. Il ne profitait jamais des vacances, et c'était un événement que de l'entendre appeler, un jour de sortie, au guichet du parloir. Lui-même semblait ne pas tenir beaucoup à ces congés; ses équipées nocturnes en compagnie du nègre lui suffisaient. Mais à l'approche des vacances de la Pentecôte de cette année-là, il avait tout mis en œuvre pour obtenir une sortie. Et il avait réussi à se faire demander par un jeune secrétaire de la légation mexicaine, qu'il avait connu à Montmartre.

Joanny Léniot voyait clair en lui-même; il avait bien dit : son esprit était lent, et il ne comprenait pas les choses du premier coup. Même lorsque, le lendemain de la rentrée, Santos, l'ayant rencontré dans un couloir, lui eut dit : « Petit Léniot, il y a deux personnes que vous gênez bien », il n'avait pas compris. Il fallait qu'il vît.

Et il avait vu.

« La chica sera ici dans un instant », dit Mama Doloré en accueillant Joanny. Il répondit d'une voix très calme :

« Oui; elle est dans la charmille avec Iturria senior.

— Ah! vraiment? » fit Mama Doloré, avec indifférence.

Pilar posa sur lui un de ses beaux regards de feu noir, sérieusement. Cette enfant savait-elle? Elle avait peut-être pitié de lui. Il ne manquait plus que cela!

« Quand elle reviendra, dites-lui que je l'attends sur la terrasse. »

Il y monta. Quelques minutes plus tard, Fermina Márquez était près de lui. Il ne lui dit pas bonjour. Mais, d'un geste théâtral, il lui montra Paris, c'est-à-dire cette légère brume grisâtre que l'on apercevait à l'horizon.

« C'est grâce à mes pareils que cette ville mérite de s'appeler la Ville Lumière. — Vous comprenez? »

Elle ne répondit rien.

« Vous comprenez? »

Voyant qu'elle était décidée à se taire, il se tourna vers elle, et lui dit l'auguste vérité :

« J'ai du génie. »

Elle ne dit rien. Elle s'attendait à une scène d'un autre genre. Elle éprouvait même un soulagement, à voir que les choses prenaient cette tournure. Quant à lui, il la regardait avec un sang-froid qu'il n'avait jamais encore possédé en sa présence. Il pouvait même la regarder dans les yeux sans être ébloui. Il lui semblait qu'il portait en lui-même une beauté auprès de laquelle la beauté de la jeune fille disparaissait.

« Quand je vous ai dit que c'était pour vous plaire, ou pour plaire à une femme, que je travaillais, j'ai menti. J'ai menti et je m'en vante! C'est pour moi que je travaille. Je suis possédé par une ambition si grande que seule l'assurance d'une gloire immortelle pourra la satisfaire. Je m'étonne, vraiment, que vous n'ayez pas compris plus tôt que vous aviez affaire à un homme de génie. »

Il ricana; mais aussitôt il continua sans violence :

« On peut s'y tromper, en effet. Surtout avec moi, qui n'ai rien que mon génie, et qui suis absolument dépourvu de *dehors*, comme ils disent; absolument dépourvu de brillant, et sans conversation, et sans talent de société, et presque sans intelligence après tout! Oui, je suis tout seul avec le fardeau de mon génie, qui est comparable à une très haute montagne, abrupte et noire, d'un aspect trop austère pour vos regards, mademoiselle. — Oh! écoutez-moi jusqu'au bout, je ne vous dirai rien qui puisse vous faire de la peine. Tenez, asseyons-nous. »

Il lui prit la main et l'entraîna. Elle cédait, ne

souhaitant même pas s'en aller. Elle savait qu'il venait de la voir dans la charmille avec Santos. Or, il lui semblait qu'il ne s'agissait plus de cela, mais de choses beaucoup plus graves, qu'elle comprenait mal.

Il dit :

« L'amour de nulle femme ne suffira jamais à remplir mon cœur. Ce que je veux, c'est la gloire. Et la vraie gloire, celle qu'on n'a pas demandée. Je vois autour de moi de bons élèves qui ne sont pas satisfaits d'être ponctuels et de faire des devoirs sans fautes; ils éprouvent le besoin de fortifier leur position par toutes sortes de petites intrigues : ils cherchent à rendre des services aux surveillants, rient de tous les bons mots que disent les professeurs à leurs cours. Pour moi, je ne puis faire cela : mon visage, aussi bien que mon âme, est trop sévère. Je travaille sans aucune ostentation de zèle; mais si vous saviez avec quelle application farouche! J'accueille les compliments mêmes avec une indifférence simulée. Enfin, j'aime à sentir que je suis antipathique à tous les professeurs, et que, malgré cela, ils sont bien obligés de me donner les meilleures notes.

« J'ai pour correspondant à Paris Julien Morot, le romancier. Il paraît qu'il est célèbre. Je respecte tellement la gloire, que je respecte même sa gloire à lui, dont je ne voudrais pour rien au monde. C'est une gloire pareille à la célébrité d'une maison de commerce : elle ne se soutient

que par une incessante réclame. Payée en services rendus à des gens influents, payée en dîners
et en réceptions, payée en argent même, c'est la
réclame qui est à la base de la célébrité de cet
écrivain. Aussi, il sait ce que vaut la gloire! Un
jour, il m'a dit : " Fais-toi des relations, c'est le
seul moyen d'arriver. " Comprenez-vous : cela
veut dire qu'il méprise sa gloire; elle est, pour
lui, un fonds de commerce qu'il exploite et qui
lui rapporte tant par an. Il voudrait bien avoir
le temps d'écrire pour son propre plaisir, il voudrait bien pouvoir libérer ce qu'il a de génie.
Mais il est pris dans l'engrenage : les éditeurs, les
directeurs de revues l'accablent de commandes.
On ne le laisse pas tranquille. Et lui, il sait que sa
célébrité est un leurre; que, dix ans après sa
mort, son nom sera tombé dans un oubli profond;
et que même cette célébrité, dont il aura joui de
son vivant, le desservira auprès de la postérité :
car le dédain, tombé sur les œuvres de sa maturité,
enveloppera aussi ses deux ou trois premiers
livres, qu'il a, dit-il, écrits naïvement, avec foi,
avec enthousiasme, ses deux ou trois premiers
livres qui sont assurément le meilleur de son œuvre.
Il sait tout cela. J'ai quelquefois pensé : " Pourquoi
ne préfère-t-il pas une fortune médiocre, l'obscurité
de son vivant, et la gloire posthume, à cette
célébrité artificielle et à cet avilissement de son
talent? " Mais un jour, il me donna une terrible
réponse à cette question que je m'étais posée.

Comme je lui parlais d'une théorie esthétique moderne : " L'art pour l'art, c'est très joli, me dit-il; mais vois-tu, il faut vivre. " Et il regarda sa femme et ses enfants. Il a perdu même le droit d'être pauvre.

« Au début de ma vie, l'exemple de Julien Morot précise, par contraste, mes instincts. J'appliquerai à ma carrière politique des principes exactement opposés à ceux qui dirigent sa vie artistique. Moi, je ne m'enchaînerai à rien, ni à personne. Mon isolement sera complet; il l'est déjà. Je resterai enfoui dans le silence et dans l'obscurité; je fuirai le monde. Ma jeunesse sera pareille à celle du lieutenant Bonaparte. Je subirai s'il le faut, avec patience, les dédains du monde, les ricanements des sots, j'affronterai avec calme les sourires d'incrédulité de mes proches, — mais, le jour où mon soleil se lèvera sur eux, tous les hommes s'agenouilleront dans mon rayonnement matinal!

« J'attendrai. J'ai de la patience. J'ai déjà si longtemps attendu. Depuis que je pense, depuis que j'ai des sensations, j'ai vu mon génie en moi. J'ai donc pris l'habitude d'être méconnu. Ma mère m'emmenait chez la couturière et chez l'épicier et je m'étonnais que ni la couturière ni l'épicier ne vissent que j'étais un enfant de génie. J'avais tort de m'étonner. Maintenant encore, ils ne voient pas que je suis un homme de génie; ils ne peuvent pas voir cela. Ils ne savent même pas que je suis un bon élève; ou, si ma mère le leur a dit, ils l'ont oublié. Ils me saluent d'une façon obséquieuse; mais c'est parce qu'on leur a dit que mon père gagne deux cent mille francs par an dans les soieries. Ils honorent en moi la puissance de l'argent, que je méprise, moi. Ils ne rendront hommage à mon génie que le jour où ils m'auront vu, tranquille et maussade, passer à cheval en avant de toute l'armée!

« Je me rappelle, quand j'avais neuf ans, sept ans même, des vieillards venaient chez nous. Leur vie était faite, et ils arrivaient sans gloire au seuil du tombeau. Sans gloire; les deux mots terribles! Avaient-ils même jamais désiré la gloire? Avaient-ils du moins, dans leur âme, les ruines majestueuses d'un grand espoir brisé? Non; ils n'avaient jamais eu d'ambition. Ils avaient été étudiants à Paris, et puis ils étaient venus s'installer notaires ou avoués en province. Ils tiraient vanité de n'avoir jamais rien désiré de chimérique, c'est-à-dire rien de grand, dans toute leur existence. Et moi, petit garçon taciturne, quantité négligeable, moi, je les méprisais dans mon cœur. Ils avaient traversé la vie en silence, pareils aux animaux, que la nature a inclinés vers la terre et qu'elle a faits esclaves de leurs appétits grossiers... »

Il hésita une seconde : « Cette phrase est de Salluste », dit-il; et il poursuivit :

« Pourtant, je savais à peine, alors, ce que c'était que la gloire; ce que c'était que l'ambition, et toutes ces passions dont je suis plein... D'autres fois, nous avions à recevoir et à traiter des marchands, des financiers, enfin toutes sortes de gens vulgaires. Comme je ne leur adressais jamais la parole, parce que leur vue seule suffisait à m'écœurer, ils me prenaient pour un enfant arriéré, et me demandaient : " Comment je m'appelle, moi ? " Un jour, j'ai répondu à l'un d'eux, avec une lenteur et une douceur extrêmes : " Im-bé-ci-le. " Mon père m'a souffleté ; mais j'avais produit mon petit effet, je vous assure.

« O mademoiselle, ma modestie et mon humilité n'ont pas de bornes! Tant qu'un homme n'a pas renié expressément, en ma présence, son propre génie, je crois à son génie. Mais presque tous les hommes, avec une candeur bien remarquable certes, s'empressent de nier toute prétention au génie. On en trouve même qui vous disent : " Dès qu'on a acquis un peu d'esprit critique et pour peu qu'on soit intelligent, on s'aperçoit qu'on n'a pas de génie. " C'est ainsi qu'ils avouent leur propre nullité, qu'ils s'infligent eux-mêmes cette épouvantable *deminutio capitis*. Combien en ai-je vu abdiquer de cette façon ! — Mademoiselle, *maintenant* vous pouvez entendre ma profession de foi : je méprise l'esprit critique, je hais la science ; et je ne respecte que les passions humaines parce qu'elles seules comptent, au milieu de toutes les sottises modernes! »

Il n'avait pas cessé de la regarder. Il lui disait des choses folles; des choses qu'il n'eût pas même osé s'avouer, en tout autre temps. Et cependant, il la dominait. Pour elle, résignée, elle le laissait divaguer. Elle restait là, prêtant à peine l'oreille à ce qu'il disait, attendant qu'il eût fini. Il reprit :

« Considérez un peu quelle est ma position. Ne suis-je pas semblable à un homme qui posséderait des milliards cachés dans un souterrain? Cet homme habiterait une petite ville, il ne pourrait pas sortir de cette petite ville où l'on ne trouverait rien de ce qui s'appelle le luxe. Il serait obligé de vivre comme les autres habitants, sans pouvoir jamais dépenser ses milliards. Et cette richesse fabuleuse, les gens de ce petit pays ne voudraient pas croire qu'il la possède vraiment. Et, quand il parlerait de ses milliards, on lui rirait au nez. Avez-vous lu *Le Secret de monsieur Synthèse*, de Louis Boussenard? Je l'ai lu, quand j'avais neuf ans, et je m'en souviens encore. Il y a dans ce livre un personnage qui est l'homme le plus riche et le plus savant du monde; c'est le docteur Synthèse. Il possède un capital qui lui permettrait de devenir, du jour au lendemain, " propriétaire foncier du globe ". Que mon jour vienne seulement, et moi aussi j'ai, non dans les banques, mais en moi-même de quoi devenir propriétaire foncier du globe! Et mon jour viendra. Il est bien venu pour le lieutenant Buonaparte. Est-ce que : Joanny Léniot, cela ne sonne pas aussi bien ? Pour flatter mes parents, les petites gens chez nous me disent volontiers : " Vous serez si riche un jour, monsieur Joanny. " Ils ne se doutent guère combien je serai riche en effet. Ils en mourraient d'envie. — Voulez-vous une preuve de mon génie ? Eh bien, écoutez ceci :

« Mon père, il y a quelques années, avant qu'il me mît à Saint-Augustin, me fit suivre, pour quelque temps, les classes d'une école primaire de notre quartier, à Lyon. Mon père, dois-je dire, avait l'intention de se porter candidat à je ne sais quelle dignité publique. Ce fut pour flatter la plèbe qu'il me fit fréquenter cette école. Je dus la quitter au bout d'un mois : les élèves, — tous — me persécutaient et auraient fini par me tuer. On a pensé qu'ils étaient jaloux de mes habits de bourgeois, de mes bonnes manières, de la richesse de mon père, enfin, chagrins que je ne fusse pas un de leurs semblables, c'est-à-dire un voyou. Il y avait bien un peu de tous ces sentiments dans leur haine pour moi; mais cette haine était vraiment trop forte : ils avaient deviné l'homme de génie en moi, et c'était l'homme de génie que ces jeunes Gaulois persécutaient, d'instinct.

Les hommes se sont dit : " Il nous est étranger. "

« Ah ! le jour où, les ayant mêlés à tous les peuples
de l'Empire dans l'immense creuset de mon armée ;
ayant fait, de ces sauvages Gaulois de l'intérieur,
des citoyens romains, je passerai devant le front
de leurs légions, de quel cœur ils crieront, mes
insulteurs d'autrefois : *Ave Cæsar !* — Et, lorsque
les petits-enfants de leurs arrière-petits-enfants
liront l'histoire de ma vie dans leurs manuels
d'histoire, comme ils sangloteront d'admiration
et d'amour pour moi ! »

Il la regarda posément. Il aurait pu continuer
à mettre ainsi son âme nue devant elle. Il y trouvait un plaisir extrême. Il ne la respectait plus ;
ou du moins il ne se gênait plus avec elle. Il se
leva, voulant terminer lui-même l'entrevue.

« J'étais venu vous dire, mademoiselle, que je
n'aurai plus le plaisir de passer les récréations en
votre compagnie. J'avais demandé à mon père
l'autorisation de prendre quelques leçons d'aquarelle, avant les grandes vacances, pour avoir un
passe-temps de plein air pendant août et septembre
prochains. Mon père m'a donné son autorisation ;
j'ai vu le professeur de dessin... Nous commen-
cerons par des fleurs ; c'est très intéressant. Bref,
mes récréations de l'après-midi se passeront désormais dans la salle de dessin. Je vous quitte. Je
vais prendre congé de Madame votre tante et

de Mademoiselle votre sœur... Mademoiselle... »

Il s'inclina cérémonieusement. Il fut surpris de voir qu'elle lui tendait la main. Et sa poignée de main fut remarquablement énergique; vraiment, elle *retint* sa main.

Tout de suite, il alla prendre congé de Mama Doloré, donnant la même excuse, récitant le même mensonge. Il se demandait : « Comprend-elle que ces leçons d'aquarelle ne sont qu'un prétexte ? » — Pilar assurément avait compris. Il crut voir, dans son regard d'adieu, un regret : « Moi, je n'aurais pas dit non. » Mais peut-on jamais savoir ? Joanny se raisonnait : « Après tout, j'ai peut-être mal interprété ce regard; et n'ai-je pas comme tout le monde ma part de fatuité naturelle ? »

Cependant il allait solliciter une entrevue avec M. le préfet des études. Il fallait que, dès le lendemain, il commençât ses leçons d'aquarelle, sans attendre l'autorisation paternelle, dont il était assuré d'avance, et qu'il demanderait ce soir même par lettre. L'huissier le fit attendre dans l'antichambre. Il s'y trouva assis en face d'une glace. Comme rien ne réfléchissait votre visage, dans l'intérieur du collège, vos propres traits cessaient bientôt de vous être familiers et vous connaissiez mieux le visage de vos camarades que le vôtre. Quelques Narcisses possédaient bien de petits miroirs de poche dont ils se servaient en grand mystère. Mais Joanny n'était pas de ceux-là; et il retrouvait, dans cette glace, son image, comme on retrouve une personne que l'on connaît et dont on étudie le visage à chaque nouvelle rencontre. C'est en se regardant dans sa glace qu'un homme parvient à modifier, autant qu'il est en son pouvoir de le faire, les jeux de sa physionomie. Joanny voyait, avec une surprise mêlée de peine, quelques-uns de ses états d'esprit les plus habituels, écrits clairement dans ses traits. L'expression trop attentive de ses yeux; ce pli à son front, voilà ce qu'il devait faire disparaître. Oui, un « visage sévère »; c'était bien cela. Un teint mat, des yeux bruns, et, surtout, des muscles faciaux presque immobiles, des joues qui ne pouvaient pas sourire; un visage lourd et dur, bien que d'un dessin délicat, presque classique; *romain*.

Une sonnerie électrique appela l'huissier dans le cabinet du préfet des études. Puis l'huissier revint pour annoncer « l'élève Léniot ».

L'élève Léniot salua M. le préfet des études. Il lui exprima son désir de prendre des leçons d'aquarelle; et, en quelques minutes, tout fut réglé. Il dit ensuite que ses récréations étant désormais occupées par ces leçons, il ne pourrait plus accompagner « les dames Márquez » dans leurs promenades au parc. « Il serait peut-être opportun de désigner un autre élève pour me remplacer auprès d'elles », ajouta-t-il avec une légère intonation ironique, que le préfet des études ne remarqua point.

« En effet; mais, quel élève?

— Je suis certain qu'elles agréeront très volontiers Santos Iturria.

— Bien. Vous allez dire à M. Iturria senior que je désire lui parler, qu'il vienne ici... Ah! Monsieur Léniot, ajouta le préfet des études, comme Joanny se dirigeait vers la porte, je puis bien vous l'annoncer tout de suite : vous avez été choisi, par le comité des professeurs, pour faire le discours latin à Son Éminence. Son Éminence nous honorera de sa visite dans une quinzaine de jours; tenez-vous prêt. Je vous félicite bien sincèrement, et je suis certain que, dans cette circonstance, vous soutiendrez la réputation du collège, et la vôtre. Je ne vous retiens plus. »

On était déjà en étude. Léniot, passant devant l'étude de philosophie, poussa la porte et entra. Il transmit au surveillant l'ordre du préfet des études appelant Santos Iturria dans son cabinet. « Il va donc savoir que c'est moi qui facilite leurs entrevues », pensa Joanny. Il n'éprouvait aucune jalousie.

Il était même content. Une fois assis à sa place

dans son étude, et tranquille, il rechercha les causes de son contentement. C'était d'abord cette grande nouvelle que venait de lui annoncer le préfet des études : il avait été désigné pour faire le discours latin à l'Archevêque. C'était là un honneur qu'il n'avait pas même osé souhaiter.

« Quand les autres sauront cela ! — et mes parents ! »

Mais il y avait quelque chose dont il était encore plus satisfait : c'était le discours qu'il venait de faire à Fermina Márquez. Il l'avait improvisé rapidement, comme il improvisait, en marchant dans la cour des récréations, ses meilleures compositions françaises : il les portait « dans sa tête » pendant plusieurs jours, les modifiant, les retouchant, supprimant un adverbe, changeant de place tout un membre de phrase. Et, une heure avant le moment fixé pour remettre les copies, il écrivait sa composition, directement au net, sans une rature. C'est ainsi qu'il aurait pu réciter d'un bout à l'autre, sans hésitation, tout le discours de rupture qu'il avait fait à la jeune fille. Il en était satisfait : cette fois il était bien sûr de n'avoir pas été ridicule.

A peine regrettait-il des mots un peu vifs : « des marchands, des financiers, toutes sortes de gens vulgaires », et le père Márquez qui était banquier ! Mais non, ce n'était pas une sottise. Pendant tout le temps qu'il avait parlé, Joanny avait senti que, du fond de sa conscience, une

force cachée le poussait à dire cela, et que tout
cela était plein d'un sens plus complet qu'il ne
croyait. Bref, il avait encore menti. Son génie,
par exemple. C'était la première fois qu'il s'affir-
mait à lui-même l'existence de son génie. Quand
il lisait cette *Vie de Franklin*, il ne croyait pas à
son propre génie. Quand on lisait, en classe, le
devoir de quelque autre élève, il s'étonnait devant
mille pensées subtiles, mille habiletés de traduction qu'il n'eût jamais découvertes, lui. Que de
fois il avait éprouvé la vérité du sentiment exprimé
par ce vers :

> *Mon génie étonné tremble devant le sien.*

En vérité, il y avait, dans sa vie, pour quelques
instants où il lui semblait que sa personnalité
remplissait le monde, des jours et des jours où il
se sentait réduit à un point, et où l'univers était
si grand que l'idée de son propre néant l'épou-
vantait. Au sujet de sa modestie et de son humilité,
il avait donc été sincère. Mais de nouveau il
avait usé d'artifice lorsqu'il avait fourni ce qu'il
avait nommé une *preuve* de son génie. Pendant
qu'il parlait de persécution, il avait obscurément
associé les idées suivantes : Jean-Jacques Rous-
seau, — la folie de la persécution, — le génie.
Sa preuve était double : apparente, en ce qu'il se
disait persécuté à cause de son génie; et évidente,

parce que l'homme de génie se croit souvent persécuté. Oh! c'était très fort!

En somme, toute son éloquence revenait à ceci : « Entre Santos Iturria et moi, vous avez choisi. C'est bien. Mais sachez donc qui vous avez rejeté et regrettez-moi! » Il n'avait pas songé un instant à lui reprocher sa coquetterie, à lui dire combien cette coquetterie contredisait ses discours religieux; bref, à l'accuser d'hypocrisie. « Voilà donc ce qu'elle redoutait! » Voilà donc pourquoi son adieu avait été si cordial.

Sans transition, il songea aux beaux yeux sérieux de la petite sœur. « Moi, je n'aurais pas dit non. » Il se rappelait tous les gestes et toutes les jolies manières de Pilar. Un jour que son grand ruban s'était dénoué, il avait vu ses cheveux nus étalés sur ses épaules, des cheveux d'un noir absolu, qui devaient être lourds et durs au toucher. Fermina avait rattaché le ruban, prenant la chevelure à poignée... Couchaient-elles dans la même chambre?... « Moi, je n'aurais pas dit non. » Il gardait le souvenir de ce regard comme si c'eût été le souvenir d'une vraie caresse, qui le faisait rougir, qui fouaillait tout son sang.

Presque tous les jeudis, la mère et les sœurs de Requena (un gamin de huitième) venaient passer l'après-midi à Saint-Augustin. C'étaient trois petites Cubaines aux yeux hardis : Pilar, Encarnacion et Consuelo, seize, quinze et quatorze ans. Joanny avait souvent entendu parler d'elles, et il les avait vues quelquefois. On disait qu'elles se laissaient embrasser dans tous les coins du parc. Elles aimaient les baisers pour les baisers mêmes, et non à cause de ceux qui les leur donnaient. Aussi n'étaient-elles point jalouses, et l'on pouvait comparer et juger si les lèvres de seize ans sont plus douces que celles de quatorze ou de quinze ans.

Quinze ans. Joanny s'apercevait qu'il y avait quelque chose de sensuel dans les seuls noms de ces âges; quinze ans, seize ans, dix-sept ans, etc. Prononcer à haute voix ces mots, et penser à des filles... L'année prochaine, dès la rentrée, il trouverait un moyen pour passer l'après-midi des jeudis dans le parc... Oh! dompter une fille de cette race fière. On les dit tellement caressantes, en dépit de tous leurs airs hautains... Et même si les petites Requena venaient jeudi prochain...

Ou bien, pendant les vacances; il trouverait sans doute une occasion. Un jour qu'il s'était fort éloigné de la maison de campagne de ses parents (c'était pendant les dernières grandes vacances), une jeune bergère, debout au milieu d'un champ, l'avait interpellé pour lui demander des nouvelles d'une servante qui était chez ses parents. Et il n'avait pas compris, le lourdaud, que ce n'était là qu'un prétexte trouvé par la jeune paysanne pour entrer en relations avec le « petit monsieur du château ». Ah! si pareille occasion se représentait, il ne la laisserait pas échapper.

Justement, il allait avoir seize ans vers la fin d'août; il était temps, pour lui, de se dégourdir un peu.

Il se rappelait aussi une petite bonne que ses parents avaient eue, autrefois. Il avait douze ans à peine à ce moment-là. La bonne s'appelait Louise, et elle avait dix-neuf ans. Un jour, elle lui avait chipé un soldat de plomb, un général de soldats de plomb auquel il tenait particulièrement. Elle avait fait semblant de cacher ce jouet dans son corsage, entre sa peau et sa chemise, et elle avait dit à Joanny :

« Si M'sieur y veut, faut que M'sieur y cherche. »

Et il « y » avait cherché, en feignant une grande colère, mais en réalité tout confus et rouge de plaisir... Il allait peut-être trouver, chez ses parents, pendant ces vacances, une petite bonne de l'espèce de cette Louise. Elle était si propre et si gentille, cette Louise. Une servante ? Bah ! une fille est toujours une fille.

Et, au besoin, il pourrait, de la maison de campagne de ses parents, gagner à bicyclette la station la plus voisine, Régny. En partant tout de suite après le repas de midi, il aurait le temps de passer deux heures entières dans Roanne. Il serait revenu pour le dîner, et personne, chez lui, ne le soupçonnerait d'être allé en ville. Une femme est toujours une femme, sous tous les vêtements du monde. Joanny pressa ses deux mains sur son cœur; il perdait la tête, il voyait rouge. Il pensa mourir.

. . . .

« ... *Le songe où je croyais avoir vu le sage Mentor descendre aux Champs Élysées achevait de me décourager : une secrète et douce langueur s'emparait de moi. J'aimais déjà le poison flatteur qui se glissait de veine en veine et qui pénétrait jusqu'à la moelle de mes os. Je poussais néanmoins encore de profonds soupirs; je versais des larmes amères; je rugissais comme un lion, dans ma fureur. O malheureuse jeunesse! disais-je; ô dieux qui vous jouez cruellement des hommes, pourquoi les faites-vous passer par cet âge, qui est un temps de folie et de fièvre ardente? Oh! que ne suis-je couvert de cheveux blancs, courbé et proche du tombeau, comme Laërte, mon aïeul! La mort me serait plus douce que la faiblesse honteuse où je me vois.* »

Dans toute la longueur du *Télémaque*, Joanny n'aimait bien que deux passages : la description des Sages crétois au livre V, et ce passage-là, où Télémaque, avec l'emportement même et l'exagération de la jeunesse, maudit la jeunesse. Il avait voulu relire ce passage. Jusque-là, il l'avait admiré surtout parce qu'il y voyait une peinture de ce qu'était la jeunesse des autres. Ces fureurs, « ce temps de folie et de fièvre ardente », voilà ce que connaissaient les autres jeunes gens. Lui, il était bien sûr d'échapper à tout cela, enfoui qu'il était dans ses livres et dans ses cahiers, cuirassé par son orgueil et armé par son ambition. Et maintenant, bien au contraire, il aimait ce passage parce qu'il y découvrait l'expression fidèle de son propre état d'esprit.

Pour l'instant, il était calmé, mais dans quelques jours, dans une heure peut-être, le péché renouvellerait son attaque, et le tourbillon des désirs emporterait de nouveau sa raison. Son enfance était finie. Sa jeunesse commençait, et commençait malgré lui. Combien de temps la fièvre et la folie dureraient-elles, pour lui? Lui faudrait-il renoncer à ces projets de gloire? sa carrière allait peut-être se trouver retardée de cinq, de dix ans? Désormais, plus de tranquillité. Sans doute il se maintiendrait à la tête de sa classe; sans doute il brillerait à ses examens. Mais au prix de quelles luttes; au milieu de quelle agitation? S'il avait gardé sa foi, au moins; il aurait eu Dieu pour allié dans sa lutte contre ses passions. Mais depuis longtemps la religion n'était plus, pour lui, que l'idéal suranné de quelques vieilles dévotes.

Joanny appelait, non pas la vieillesse, mais cet âge où, la fougue de la jeunesse passée, il pourrait s'asseoir de nouveau, et définitivement, en face de ses dictionnaires et de ses papiers, — ou en face de sa vie, plus intéressante que tous les livres du monde. — Une jeune fille venait de le repousser, et il l'en aurait remerciée, si elle l'avait renvoyé à ses livres et à l'élaboration de son grand avenir. Mais elle l'avait renvoyé à sa sœur, — à ses sœurs, toutes les femmes.

Qu'il était donc las! La vie était insipide. Sa plus récente place de premier, il n'avait aucun plaisir à y songer. La gloire même était sans intérêt. Encarnacion, la plus jolie des petites Cubaines, — non, il valait mieux ne pas penser à elle. C'était peut-être encore une déception qu'il se préparait là. Il suivit sa classe au dortoir, fatigué, écœuré, mécontent du monde et de lui-même, ne désirant plus que s'oublier dans le sommeil.

Il dormit bien mal, et ne se réveilla qu'à l'appel du tambour. Toute la nuit, il avait rêvé qu'il récitait un discours latin en présence de l'Archevêque, et il lui avait semblé prononcer, *ore rotundo*, un nombre infini de belles terminaisons et de nobles désinences : *abunt, arentur, ibus, arum*...

XVIII

Et donc Santos Iturria resta maître paisible de
sa conquête. Dans un mois il irait subir, à Paris,
les épreuves de la seconde partie du baccalauréat,
et il avait toutes les chances d'être reçu avec
mention. Tandis que ses camarades de philosophie
passaient leurs récréations à se gaver de formules
de manuels, Santos se promenait dans le parc,
seul à seule avec Fermina Márquez. Mama Doloré
permettait ces tête-à-tête. Elle avait toujours eu
du penchant pour les frères Iturria. Et elle s'était
mise à chérir Santos tout particulièrement depuis
ce dimanche de la Pentecôte où, à la sortie de la
chapelle espagnole de l'avenue de Friedland, un
jeune monsieur très distingué s'était avancé au-
devant d'elle en souriant, et qu'elle avait reconnu
soudain la belle grande figure de Santos, fraîche
et franche, sous un chapeau haut de forme bien
luisant. C'est qu'il était vraiment un homme;
« et un homme du meilleur monde », disait la
créole.

Elle l'avait pourtant déjà vu deux fois dans

Paris; mais c'était de nuit, et, à demi sommeillant ou inattentive, elle l'avait à peine reconnu. « Tiens, vous avez donc obtenu un congé? » Un soir, bien tard, il était venu, avenue de Wagram rapporter à la *chica* un bracelet qu'elle avait laissé tomber, cette sotte, en jouant au tennis, dans le parc de Saint-Augustin. Une autre fois, elle et ses nièces l'avaient rencontré, tout à fait par hasard, comme elles sortaient de l'Opéra-Comique : il dissimulait mal, sous un pardessus de civil, la petite tenue des élèves de Saint-Augustin. Mama Doloré n'y comprenait rien, et d'autant moins que la chica l'avait suppliée (mais sans vouloir s'expliquer) de ne jamais parler de M. Iturria au préfet des études de Saint-Augustin.

Mais une fois qu'elle eut vu Santos en plein jour sur le pavé de Paris, et un Santos en redingote, en gants clairs et en souliers fins, elle parla de lui à tout le monde. Elle en était coiffée. Elle écrivit tout exprès à son frère, en Colombie, pour lui faire l'éloge de Santos Iturria. Elle alla prendre des renseignements sur la famille Iturria, à la légation du Mexique. Les renseignements furent très satisfaisants. Mama Doloré pensait à la chica. *Y cómo no?* Naturellement, on avait le temps : tous deux étaient encore si jeunes! Et qu'en pensait sa nièce? C'était là le grand point.

Ce n'était pourtant pas bien difficile à voir. Depuis la Pentecôte, la chica était trop gaie et puis trop pensive. La chica mettait une heure de plus que d'habitude à sa toilette les jours où l'on allait à Saint-Augustin. La chica était aimée, et peut-être amoureuse.

Elle fut d'abord toute chagrine : elle pensait avoir réduit au désespoir ce pauvre M. Léniot. Mais était-ce de sa faute, à elle ? Et puis, c'était un enfant. Ensuite elle fut honteuse : « Que doit-il penser de moi ? » Elle aurait voulu ne lui avoir jamais fait ces confidences, ne lui avoir jamais fait part de ces pensées toutes pures du temps où elle était encore innocente et pieuse. « Hypocrite ! Il doit dire que je suis une hypocrite ! » se disait-elle, et, le cœur empoisonné de remords, elle pensait que c'était ainsi que Dieu la punissait de son abandon. A peine osait-elle encore prier.

Pourtant, le monde devrait comprendre nos sentiments, au lieu de nous condamner. Au moment même où elle avait pris Joanny Léniot pour confident de ses pieuses pensées, elle commençait à lutter contre ce penchant qui l'entraînait vers l'amour humain. C'était même pour se fortifier dans sa résistance au péché qu'elle avait recherché ces entretiens pieux, qu'elle avait dit toutes ces choses, jalousement gardées, jusque-là. Et son attente avait été trompée. A mesure qu'elle donnait à sa ferveur religieuse toute liberté de s'exprimer, cette ferveur l'abandonnait. Sans le savoir, cet enfant avait assisté à l'agonie de sa piété ; c'étaient les cris de cette piété mourante qu'il avait entendus.

Un soir, en rentrant dans sa chambre, elle s'était laissée tomber sur le tapis, en sanglotant. Elle voulait s'humilier, anéantir tout le péché qu'elle sentait en elle, qui allait la vaincre. Elle résolut donc de rester allongée, face au plafond, les pieds joints et les bras en croix, pendant une heure. Mais bientôt ce fut intolérable; oppressée, courbaturée, les veines de sa tête gonflées à éclater, elle n'y put tenir plus longtemps. Elle se releva, et regarda le cadran de son réveil : elle avait persévéré pendant dix minutes à peine. Alors, elle se plongea ardemment dans ce qu'elle appelait le péché. Elle ne se cherchait pas d'excuse : elle aimait un homme, et cela voulait dire que son âme était perdue. Elle aimait. Et sa nuit fut si belle qu'elle la vécut entièrement, qu'elle en but avec délice toutes les noires minutes, et ne s'endormit qu'au jour.

Ce fut pour elle le commencement des nuits inoubliables. Comme elle ne pouvait absolument pas fermer les yeux, elle voulut passer toutes les nuits à lire, et à lire justement ces livres profanes qu'elle avait jusqu'alors dédaignés. Elle lut successivement *Petitesses* du P. Luis Coloma, *Maria* de Jorge Isaacs, et quelques-uns des romans argentins de Carlos Maria Ocantos. Mais elle était trop préoccupée pour accorder à ces auteurs une attention soutenue. Sa lecture était une lutte avec les pages : à tout moment, elle glissait le coupe-papier à l'endroit du livre où elle était arrivée et, regardant la tranche, elle comparait l'épaisseur formée par les pages qu'elle avait déjà lues à l'épaisseur formée par les pages qui lui restaient à lire. Parfois, cependant, elle s'oubliait assez pour saisir le sens complet des phrases. Alors elle s'intéressait aux personnages. Les romans étant, pour elle, quelque chose de nouveau, elle ne voyait pas, derrière le récit, les artifices littéraires, le déjà connu, les vieux accessoires qui servent partout, et qui finissent par nous dégoûter du passé défini et de tous les romans du monde. Elle était comme ces spectateurs qui n'ont jamais vu les coulisses, et qui admirent le décor sans arrière-pensée.

Elle se mettait à lire dès qu'elle était rentrée dans sa chambre. Elle s'étendait sur son lit sans quitter sa robe de soirée, dans laquelle elle se sentait plus belle, et qu'elle froissait avec indifférence. Décidément, toutes les aventures de ces personnages ne l'intéressaient guère; son propre cœur était trop plein d'émotions; sa propre aventure était trop belle. Si le traître était devenu l'ami de Santos Iturria, certainement il se serait amendé, et la catastrophe finale n'aurait pas eu lieu. Elle avait pitié de la Currita (dans *Petitesses*); elle avait pitié de toutes les héroïnes, méchantes ou malheureuses. Elles n'avaient pas eu, pour les consoler ou les racheter, l'amour de Santos Iturria... Elle fermait le livre et pensait à son bonheur. Elle jetait des regards de tendresse sur les choses qui l'entouraient. Les lampes électriques du lustre, les ampoules lumineuses des appliques, au-dessus de la cheminée et de chaque côté de la glace ronde, toutes ces lumières rayonnaient, pures et immobiles, exprimant la sécurité au sein des richesses. Les murs tendus de soie moirée vieux rose, les meubles lourds et riches, le tapis épais couvrant tout le plancher, l'or des cadres, les tables et les guéridons incrustés de cuivre, l'armoire avec ses trois portes aux panneaux de glace limpide, elle regardait tous ces objets avec complaisance. Quelques semaines auparavant elle les détestait, parce qu'ils lui rappelaient que les riches n'entreront pas dans le royaume des cieux, parce qu'ils la faisaient songer avec angoisse à tous les malheureux, aux dormeurs des asiles de nuit, aux pauvres êtres qui sont tombés en bas du monde et qu'on voit nus jusqu'à l'âme. Maintenant, au contraire, elle les aimait; ce luxe était digne du roi de son cœur. Elle n'y tenait pas, pour elle-même, mais lui ne serait-il pas heureux, s'il consentait à venir passer quelques jours chez elles, au sortir de son collège où la vie était frugale et rude, oui, ne serait-il pas heureux, ici? On lui donnerait la chambre feuille morte, qui est encore plus riche que celle-ci, et il irait faire ses courses dans la victoria. Oh! que cela soit possible!

Elle abaissait ses regards sur sa gorge nue; elle se contemplait allongée dans sa robe splendide, elle admirait la petitesse de ses pieds cambrés.

N'est-elle pas, elle aussi, digne du roi de son cœur ?
— Les heures de la nuit ont un aspect romanesque.
Deux heures de l'après-midi est prosaïque, presque
vulgaire ; mais deux heures du matin est un aven-
turier qui s'enfonce dans l'inconnu. Et cet inconnu,
c'est trois heures du matin, le pôle nocturne, le
continent mystérieux du temps. On en fait le tour ;
et si on croit l'avoir traversé jamais, on se trompe,
car bientôt quatre heures du matin arrive sans
que vous ayez surpris le secret de la nuit. Et le
petit jour strie déjà les volets de ses baguettes
bleues parallèles.

Maintenant, lorsque Fermina Márquez paraissait sur le perron du parloir, à Saint-Augustin, il
y avait à peine deux heures qu'elle était levée,
et ses beaux yeux battus se fermaient à l'éclat
trop vif du soleil. Mais sa démarche était plus
noble, plus triomphale que jamais. Elle se montrait avant que les élèves eussent quitté le réfectoire, tout exprès pour agacer Santos, qui, ayant
déjeuné en grande hâte, et étant obligé de rester
à son banc, trépignait d'impatience, prêt à bondir
dehors, aussitôt les grâces dites.

Comme il nous paraissait heureux ! Nous savions
qu'il portait, enroulé à son poignet droit et dis-
simulé sous sa manchette, un ruban de ses cheveux,
qu'elle lui avait donné. En sorte que nous ne lui

serrions pas la main, et que nous ne frôlions pas son bras droit sans éprouver un sentiment de respect : ce ruban rendait sacrée la personne de Santos.

Ils se promenaient sur la terrasse. Elle lui avait permis de fumer en sa présence : la fumée de ses cigarettes, à lui, avait une odeur si bonne, si réconfortante! Elle l'aspirait avec délices. Elle levait les yeux vers lui, avec une expression de gravité et d'admiration. Elle était contente d'être un peu moins grande que lui. Tout ce qu'il disait la touchait, la rendait joyeuse, la caressait.

Une ou deux fois, ils invitèrent Demoisel à venir goûter avec eux dans le parc. Nous les vîmes aussi dans la grande allée : ils marchaient en avant du groupe formé par Mama Doloré, Pilar et Paquito Márquez; Santos était à gauche, et Demoisel à droite de Fermina. Le nègre se tenait bien droit et portait haut la tête; il semblait à la fois très fier et très intimidé. De loin on voyait le blanc de ses yeux bouger dans son visage noir, luisant. Sa tenue était irréprochable. Lui aussi était Américain.

XIX

Une dizaine de jours avant la distribution des prix, comme Joanny Léniot se trouvait dans la cour des récréations, il s'entendit appeler par Santos Iturria.

« Mama Doloré a quelque chose à te dire ; viens. »

Il le suivit. Toute la famille était sur la terrasse. Il serra leurs mains. Mama Doloré s'informa de l'état de sa santé, fut charmante. Joanny aurait voulu abréger l'entrevue. Surtout il craignait d'être laissé seul avec Fermina. Il n'était plus aussi certain de n'avoir pas été ridicule, avec ses phrases sur son génie, pendant leur dernière entrevue. Il la regardait à la dérobée. Il ne s'étonnait pas qu'elle eût renoncé à ses idées d'humilité et de piété ; cela lui semblait naturel : nous survivons à nos sentiments comme nous survivons aux saisons. Il y avait dans son beau corps une force centrale, toute-puissante, dont ses pensées et ses désirs, et ses sentiments, n'étaient que des modes passagers. Elle était plus belle que jamais et semblait avoir grandi. En sa présence, il sentait qu'il n'était qu'un enfant. Il n'était pas fait pour être aimé d'elle ; il n'aurait jamais dû l'aimer.

Il voulut prendre congé. Mais il dut écouter les remerciements de Mama Doloré. « Monsieur Léniot, vous avez eu tant de bontés pour mon neveu que je n'ai pas voulu vous témoigner ma reconnaissance en paroles seulement. Acceptez donc ce petit objet ; puisse-t-il vous faire penser quelquefois à nous. » Elle lui tendit un petit paquet, un écrin enveloppé dans du papier de soie. Joanny rougit. Sa fierté l'inclinait à refuser. Il allait refuser, lorsque Fermina Márquez passa près de lui, et murmura : « Acceptez. » Il lui obéit, remercia en peu de mots, et s'éloigna.

Ce ne fut qu'à la fin de l'étude du soir qu'il se décida à ouvrir l'écrin. C'était une montre en or, avec la chaîne ; une chaîne épaisse et lourde. Le cadran était d'or. Sur la cuvette étaient gravées ses initiales J. L. Il eut un instant de gaie surprise. La montre de M. Léniot père n'était guère plus belle que celle-ci. L'écrin portait le nom d'un bijoutier de la rue de la Paix. Mama Doloré avait bien dû payer cela cinq, six cents francs. La créole avait donc beaucoup d'amitié pour lui ? Pourquoi donc ne lui avait-elle pas dit : « Au revoir » ? Il se rappela ses paroles : « Vous avez eu tant de bontés pour mon neveu... » C'était donc cela.

« Mais alors, pensa Joanny soudain, mais alors, ils m'ont payé! » Oui, c'était bien cela. Ce cadeau n'était pas un témoignage d'affection, le cadeau que l'on fait à un ami de la famille. C'était le paiement d'un service rendu : on le faisait à la fin, au moment où les relations cessaient.

« Ils m'ont payé! » Joanny succombait sous l'affront. « Ils m'ont payé! » Ses joues avaient rougi tout d'un coup, et la rougeur restait, douloureuse comme une brûlure, semblable à la trace visible d'un soufflet. « Ils m'ont payé! » Oui, ils ne voulaient rien lui devoir; ils l'avaient congédié en lui payant largement ses gages. Oh! les misérables! Oh! les misérables! Et c'est en souriant qu'ils ont tué ma dignité. Les riches sont ainsi : ils se servent de leur argent pour blesser ceux qu'ils méprisent. Avec ses yeux secs et brûlants, Joanny regarda tous ses camarades. Et il comprit qu'il les détestait parce qu'ils étaient riches. Jusque-là, il ne s'en était pas rendu compte. Ces deux cent mille francs que son père gagnait chaque année dans les soieries lui valaient le respect et les saluts des gens de son quartier, et faisaient des siens les potentats de leur village, dans le département de la Loire. Même dans Lyon, M. Léniot père était une notabilité, et Joanny, comme fils unique, avait sa part de cette renommée. Mais qu'était cela, comparé à la richesse de tous ces fils de nabab, aux millions de ces Américains que leurs pères envoyaient en

Europe sur des navires qui leur appartenaient ?

« Ils m'ont payé! » Les mains crispées sur son pupitre, Joanny regardait l'étude, fou de colère. Comme ils étaient tous tranquilles, penchés ainsi sur leurs cahiers, ces fils de rois! « Ils m'ont payé! » C'était l'injure suprême. Les pauvres, au moins, même s'ils vous donnent un coup, font un effort, une grimace. Les riches restent assis, vous parlent avec douceur et vous tuent. Tous les parents de ses camarades auraient agi de la même façon. « Je suis un gueux pour ces gens-là; et ils me méprisent. Ils osent me mépriser, moi qui suis tellement au-dessus d'eux tous, intellectuellement! »

« Ils m'ont payé!... » Joanny se rappela une histoire de son enfance. Ses parents avaient dit un jour à un de leurs ouvriers : « Amenez donc votre fils passer ici les après-midi; il tiendra compagnie à M. Joanny. » Au bout de huit jours, on avait rendu le gamin à son père, parce qu'il avait déjà enseigné des expressions ordurières à M. Joanny. Et on avait fait un cadeau à l'ouvrier pour « payer la location du jeune voyou », avait dit M. Léniot père. Joanny demanda la permission de sortir de l'étude. Il tenait la montre et la chaîne dans sa main fermée.

Il y avait, au bout d'un couloir, à côté des arrêts, une salle de classe abandonnée. La porte en avait été condamnée; la fenêtre, qui donnait sur une courette comprise entre le bâtiment principal et le mur du manège, avait été bouchée au moyen de lattes clouées sur le châssis; et, plus haut, un jour avait été fermé avec du papier goudronné. Des élèves s'étaient amusés à crever ce papier avec des pierres. Ils avaient plaisir à entendre leurs projectiles résonner en tombant dans cet inconnu, sur ce plancher (ou sur ces bancs?) qu'ils n'avaient jamais vus. On se débarrassait, encore, de cette façon, de beaucoup d'objets hors d'usage : porte-plume, règles cassées, vieux objets de toilette. Les plus rêveurs d'entre les gosses, le petit Camille Moûtier, par exemple, n'imaginaient pas sans frémir l'aspect de cette chambre morte. Et le voisinage des arrêts, où on n'était enfermé que dans les cas les plus graves, achevait de la rendre sacrée, dévouée aux dieux redoutables.

Léniot s'adossa au mur du manège, visa posément, et, d'un mouvement brusque, fit voler la montre et la chaîne à travers le papier crevé. Il entendit deux sons : l'objet avait dû heurter d'abord le mur, au fond de la chambre, et retomber ensuite sur le parquet. — Il rentra en étude, soulagé.

Le lendemain, au réveil, une idée lui vint : Mama Doloré ne serait-elle pas surprise de ne pas recevoir, de ses parents à lui, une lettre la remerciant du cadeau fait à leur fils? Car, natu-

rellement, il ne parlerait jamais de cette affaire
à ses parents. Et déjà il entendait Mama Doloré
dire à sa nièce : « Ces Léniot ne m'ont même pas
envoyé un mot de remerciement; ces gens-là ne
savent pas vivre. » Et sa nièce se rappellerait ce
que Joanny Léniot avait dit devant elle : « Des
marchands, des financiers, toutes sortes de gens
vulgaires. »

Et, le jour de la distribution des prix (elles y
viendraient certainement), elles s'étonneraient de
ne pas voir, à son gilet, la lourde et belle chaîne
de montre. Et si ses parents aussi venaient de
Lyon pour être témoins de son triomphe scolaire,
ils salueraient à peine les Márquez, dont il ne
leur avait jamais rien dit dans ses lettres. Ah!
quelle maladresse son orgueil lui avait fait commettre. Mais c'était presque un vol! Sans doute,
nous avons le droit de jouir des choses que l'on
nous donne, mais nous n'avons pas le droit de
les détruire; c'est faire au donateur un tort
véritable. Il eût mieux valu refuser.

Eh bien non! décidément, il eût mieux valu
garder ces bijoux. Au moins pour avoir un souvenir matériel de Fermina Márquez. Après tout,
cette montre n'était pas perdue. Si le préfet des
études était averti qu'un objet de cette valeur se
trouvait dans cette chambre, il n'hésiterait pas à
faire briser la porte. Mais, pour l'en avertir,
Joanny devrait avouer la vérité. Et il n'oserait
jamais l'avouer.

Il était brouillé avec les Márquez. Il ne les verrait plus. Tant mieux. Il ne cherchait pas, comme Julien Morot, à se faire des relations! Et quant à elle, eh bien, quoi? c'était fini! Il avait été sot et ridicule devant elle. Il valait donc mieux qu'il ne la vît plus, qu'elle ne vînt plus lui rappeler qu'il avait été, à un moment quelconque de sa vie, sot et ridicule. Et il l'avait bien été, certes. Il en rougissait encore. Ah! ce plan de séduction, et tous ces discours enfantins!

Pendant plusieurs jours, il demeura au fond de l'abîme, vautré dans les marais pestilentiels du mépris de soi-même. Une pensée orgueilleuse l'en tira : « Moi, Léniot, qui ai tant de sujets d'être content de moi, me voici rempli de dégoût pour moi-même. » Il admirait sa modestie; le contraste que formaient le bonheur apparent de son destin et la mélancolie de son caractère. Il se comparait à un roi couvert de gloire et pourtant fatigué de la vie. Dans une semaine, ce serait la distribution des prix, le beau jour de triomphe, rouge et or. Joanny serait étourdi des applaudissements accueillant son nom vingt fois répété par le lecteur du palmarès. Et malgré cela, il porterait, jusque sur l'estrade, un esprit sombre et des pensées funèbres. Mais non, puisque cette idée même lui était agréable, le restaurait dans son contentement de soi-même.

Sans leçons à étudier, sans devoirs à faire, sans punitions à craindre, voici les dernières journées de l'année scolaire. Elles sont si belles qu'on ne se souvient plus de ce qu'on en a fait. Elles étaient, je crois bien, semblables à de grandes salles vides, tout ensoleillées; oui, grâce à l'absence des leçons et des devoirs accoutumés, elles étaient pareilles à des salles de fête dont on a enlevé tous les meubles pour qu'on puisse y danser. C'était l'époque où je me récapitulais mon année, me félicitant de n'avoir pas mérité une seule punition; car j'étais, moi aussi, un très bon élève. Et j'étais content parce que j'allais recevoir, comme on recevrait un beau lingot d'or, le prix d'excellence de ma classe. C'était un important point de repère dans la vie, ce prix d'excellence : grâce à lui, on avait la certitude d'avoir fait très bien; quand on l'avait, on n'avait pas besoin de regarder plus haut; on était *arrivé*. Dire que je n'aurais jamais plus le prix d'excellence!

Joanny était trop grand déjà pour relire les romans de la série de *La Vie de Collège dans tous les Pays;* mais il savait qu'on emploie fructueusement ces dernières journées, si on lit avec soin *La Cité antique* de Fustel de Coulanges, ou bien le chef-d'œuvre de Gaston Boissier, *Cicéron et ses Amis.* Entre-temps, il feuilletait ses cahiers corrigés; le texte de chaque devoir était pour lui le souvenir d'un triomphe. Dans un de ces cahiers, sur un des feuillets de garde, il avait inscrit deux lettres : F. M.; et au-dessous une date; la date de ce fameux soir de chahut où il avait pris la résolution de séduire certaine jeune fille. Il réfléchit un instant. Puis, avec un sérieux effrayant, il traça, au-dessus des initiales et de la date, cette phrase, tirée des *Commentaires de la Guerre des Gaules* : « Hoc unum ad pristinam fortunam Cæsari defuit. »

XX

Depuis que j'ai quitté Saint-Augustin, empor-
tant sous mon bras mon dernier prix d'excellence,
j'ai rendu deux visites à notre bon vieux collège.
Ma première visite eut lieu au printemps de
1902, plusieurs années après la fermeture définitive
de l'institution; et la seconde tout dernièrement,
alors que j'avais écrit une grande partie de cette
histoire. Saint-Augustin venait d'être mis en sé-
questre, je ne sais pour quelle raison, et on ne
pouvait y entrer sans une autorisation spéciale
de l'administration.

« Ce n'est même pas la peine d'aller la leur
demander, me dit le gardien à travers un étroit
guichet, ouvert dans la grande porte, ils ne l'ac-
cordent à personne. »

Donc, je dus me contenter de regarder les
murs d'enceinte, et, de la plate-forme du tramway,
vers Bagneux, les cimes des arbres du parc.
Quelques minutes plus tard, j'étais sur la place
du Théâtre-Français, à peu près déserte parce

que c'était un dimanche matin. Cette visite ne m'avait guère pris plus d'une heure. Mon enfance et ma jeunesse, qui me paraissent déjà si loin, comme, en réalité, elles sont près de la place du Théâtre-Français, où je passe presque tous les jours.

C'est de la première visite, en 1902, que je veux parler longuement.

A l'abord, on ne voyait pas qu'il y eût rien de changé. L'entrée était toujours ce vestibule nu, avec une grande croix noire clouée au milieu du mur jaunâtre. Et, à droite, était la loge du concierge, avec un guichet et une haute barrière à claire-voie. Et dans la loge était le même concierge que de notre temps, un peu vieilli, son impériale ayant blanchi, notamment; et ses décorations, au lieu de s'étaler sur son dolman de livrée, bleu à boutons d'argent, étaient condensées en une rosette, unique mais énorme, qui fleurissait la boutonnière d'un veston assez banal. Certainement il regrettait la livrée riche et sobre de Saint-Augustin.

Il me reconnut presque tout de suite, et me salua gaiement d'un juron espagnol.

« Excusez-moi, monsieur; mais je suis si content quand je revois un de mes anciens élèves. Et vous êtes bien tous un peu mes élèves : je vous ai élevés. Vous étiez si petits quand on vous envoyait ici. Vous, les Français, passe encore; mais je ne comprends pas ces Américains qui envoyaient leurs enfants si jeunes ici, avec la moitié du monde entre eux. Ces pauvres petits abandonnés. J'ai fait la guerre, moi, monsieur; je suis un homme dur; eh bien, j'ai pleuré, des fois, oui, pleuré, en les voyant ne pas pouvoir s'accoutumer ici. Et ceux qui mouraient donc! Les nègres, vous savez. Il en est mort, dans cette infirmerie, plus qu'on ne vous en disait. " Les parents les ont retirés "; ils expliquaient ça de cette façon. Oui, les parents les avaient retirés dans une boîte... Ce pauvre petit homme qui travaillait si bien, qui était si doux, Delavache, d'Haïti, eh bien, il est mort dans mes bras là-haut; voilà la vérité. Ah! quand j'y pense!...

« Y en avait bien, dans le tas, qui ne valaient pas grand-chose; des garnements qui faisaient des choses qui ne sont pas à faire. Mais les gens de ces pays des Tropiques, c'est comme l'indigène, aux colonies; c'est précoce, ça a le sang trop chaud. Mais bah! la majorité était saine et bonne, de vrais messieurs, qui respectaient le Bon Dieu et qui n'avaient peur de rien. Oui, pour une belle génération, je ne vous dis que ça.

« Tenez, allons nous asseoir sur le perron du parloir. J'y ai mis un banc, et c'est là que je fume ma pipe, après déjeuner. Vous avez le temps, n'est-ce pas?

« Quand le collège s'est vendu, comme il fallait quelqu'un pour garder les bâtiments et le parc, on m'a nommé gardien, avec de tout petits appointements. J'aurais pu trouver une situation plus avantageuse. Mais je ne connais plus personne. Et j'avais mes habitudes ici. J'aime le grand air; je ne pourrais pas me faire à ces logements de Paris, si étroits. Songez que j'ai tout ce parc pour me promener...

« Et comme ça, donc, vous vous êtes dit : " Tiens, je vais faire un tour à Saint-Augustin "; c'est gentil de votre part. Je me disais bien que vous viendriez quelque jour. J'en vois encore pas mal, d'anciens élèves. Pour ceux qui habitent Paris, ça leur est facile de venir. Par eux, j'ai des nouvelles des autres. Beaucoup sont morts, monsieur, beaucoup sont morts. Voyez-vous, y en avait qui étaient trop riches; c'est ce qui les a perdus. A peine lâchés, ils se sont mis à faire la noce. Ces sales femmes sont capables de tout. Du reste, on n'a qu'à voir d'où elles sortent; allez, on a beau faire, la caque sent toujours le hareng. Les uns ont tout perdu au jeu, ou à la Bourse, et se sont tués; les autres sont morts de noce, tout simplement. Que voulez-vous ? Ma foi, tant pis pour eux : comme on fait son lit, on se couche. Ce qui est triste, c'est la mort de ce pauvre petit jeune homme, si intelligent, Léniot, Léniot (Joanny). Vous ne l'avez pas apprise ? C'est son pauvre père qui me l'a annoncée, à cette place même, en pleurant. Voilà : il est mort à la caserne, pendant une épidémie, quatre mois après son incorporation. Ces garnisons de l'Est

151

sont dures pour les recrues, surtout les casemates. Enfin, il est mort. Un garçon qui était si bien parti. Il paraît qu'avant ses vingt et un ans il avait déjà gagné deux diplômes de licence, et un prix de la Faculté de droit de Paris.

« D'Amérique aussi, il m'en vient quelquefois. Ils viennent passer an an chez nous et en Europe. Ainsi M. Marti junior est à Paris en ce moment. Il est venu me voir il y a quinze ou dix-huit jours. M. Montemayor, de Valparaiso, je l'ai vu, lui aussi; il y a de cela un an à peu près. Il avait amené un de ses frères que je ne connaissais pas, qui n'a pas été élevé ici... C'est curieux, ces Américains : de deux frères (c'est une observation que j'ai souvent faite), de deux frères, l'aîné est toujours le plus — comment dirais-je ? — le plus Européen : il a le teint blanc rosé, les cheveux châtains, et quelquefois aussi les yeux bleus; enfin vous jureriez un Français. Au contraire, le cadet a un teint foncé, des cheveux d'un noir! enfin c'est un vrai Indien. Tenez, exactement comme les deux Iturria; vous vous les rappelez bien ?

« Et, à propos, il est venu, lui aussi, M. Iturria senior. Santos, comme vous l'appeliez tous. Il est venu, attendez : il y a deux ans, en 1900; l'année de l'Exposition, parbleu. Il a même passé deux après-midi avec moi ici. La première fois, il avait amené sa femme. Une belle personne, qu'il a épousée, M. Iturria (Santos), une blonde, une Allemande, je crois. Parce que, après avoir quitté

Saint-Augustin, les deux Iturria sont allés étudier en Allemagne... Une belle personne, fichtre! Et, à eux deux, ils font un beau couple... Il m'a dit que leur père était devenu ministre de la Guerre dans leur pays, à Mexico. Ça ne m'étonne pas : c'étaient des gens si bien, ces Iturria, et d'une intelligence! Voilà des hommes comme il nous en faudrait aujourd'hui en France. Ce n'est pas qu'ils manquent. Mais on ne fait plus attention au mérite; c'est l'argent qui fait tout à présent. Alors, soyez honnête, ne soyez pas honnête, du moment que vous avez des écus... Ce qu'on apprenait, dans ce collège Saint-Augustin, c'était précisément à ne pas faire cas de l'argent. Pour nous, l'argent n'était qu'un moyen d'arriver à faire quelqu'un de bien. C'est pour ça qu'on vous élevait à la dure. Et même on était trop sévère; ils auraient bien pu vous laisser aller et venir librement dans ce parc. Il est vrai que vous ne vous gêniez guère pour y aller fumer sans permission, vous et votre bande de sacrés casse-cou!... Voyez-vous, après tout, la discipline, y a que ça pour former des hommes, mais des vrais hommes, comme ceux de mon temps. Tous ces bourgeois d'aujourd'hui ont l'air d'ouvriers qui auraient gagné le gros lot à la loterie, et qui ne pensent qu'à se goberger... »

J'écoutais le bonhomme assez distraitement. Je regardais, devant nous, la cour des récréations. Elle n'était plus qu'un champ de hautes graminées qui balançaient au vent leurs longs épis légers. Les tiges minces avaient poussé entre les cailloux, ces jolis cailloux de la vallée de la Seine, polis et veinés de couleurs charmantes. Au-delà, le parc attirait mes regards ; certainement la nature en avait brouillé le dessin ; mais jusqu'à quel point ? J'aurais voulu aller voir, tout de suite.

« Allons, monsieur, je vois que je vous ai assez ennuyé avec mon bavardage. Je vous laisse visiter tout seul : c'est mieux ; je vous gênerais. Tout est ouvert, et vous pouvez rester tout le temps que vous voudrez. Quand vous sortirez je serai dans ma loge. »

J'aimais assez le ton sentimental du vieux soldat. Il comprenait ce qu'une visite au collège signifiait pour un de *ses* anciens élèves ; et le tour élégiaque de son discours n'était pas absolument involontaire. J'admirai surtout la délicatesse du dernier sentiment exprimé : « Je vous gênerais. »

Et vraiment je ne savais guère par où commencer ma visite. J'ai tout vu pêle-mêle, sans méthode, revenant sans cesse sur mes pas. Les pierres de l'escalier central de la terrasse sont disjointes. Les branches des grands arbres, qui n'ont plus été taillés depuis des années, ont poussé dans toutes les directions. Le pâturin a envahi les allées. Devant le parloir, des pourpiers qui se sont échappés, sans doute, des grands pots d'orangers où on les avait plantés, rampent et fleurissent entre les pavés.

Je me suis assis à mon ancienne place en étude. Quelle chose fantastique que le temps! Rien n'a changé; il y a un peu plus de poussière sur les pupitres; c'est tout. Et me voici, devenu homme. Si, à force de prêter l'oreille à ce silence j'allais soudain distinguer, au-delà des années écoulées, une rumeur lointaine et des voix et des pas... Et si tous les élèves de mon temps allaient soudain rentrer dans cette étude, et si, me réveillant au bruit, j'allais me retrouver en face de mes livres et de mes cahiers d'écolier... « Beaucoup sont morts, monsieur, beaucoup sont morts. »

Je retourne dans le parc, au soleil. Les gamins du village ont réussi à casser, avec des pierres, quelques-uns des vitraux de la chapelle. Le pavillon qu'habitait le préfet des études est bien délabré. La statue de saint Augustin, sur la terrasse, est presque entièrement dédorée. J'ai mis longtemps à retrouver l'emplacement où l'on avait installé le tennis du temps de Fermina Márquez — il m'a fallu traverser un fourré qui n'existait certainement pas alors. Je me suis surpris à dire tout haut : « Et Fermina Márquez? » Oui, qu'est-elle devenue? Je suppose qu'elle est mariée à présent! Et j'aime à penser qu'elle est heureuse.

. . . .

Je reviens sur la terrasse. Là-bas, c'est Paris où je serai dans un moment, si loin de tout cela. Au-dessus de moi les oiseaux font entendre leurs voix innocentes; indifférents aux changements des régimes, ils continuent à célébrer d'été en été la gloire du royaume de France, et peut-être aussi à vanter, comme le concierge, l'éducation qu'on recevait au collège Saint-Augustin.

Au-dessus du parloir, — la partie Louis XV des bâtiments, — je vois un œil-de-bœuf avec toutes ses riches moulures souillées de pluie. Les vitres ont été cassées, le châssis arraché, et il reste ainsi, béant au soleil d'aujourd'hui, au bleu du ciel; ce ciel de Paris, si plein d'activité, avec les brouillards, les fumées, le halo des lumières, et les ballons, les dimanches. L'œil-de-bœuf ne reflète plus rien de tout cela! l'œil-de-bœuf est crevé au front des combles vides qu'on n'inspecte plus.

Que manque-t-il encore à cet état des lieux? Ah! oui : au mur de la cour d'honneur, la plaque de marbre où étaient inscrits les noms des

ÉLÈVES MORTS POUR LA PATRIE
ET POUR LES AUTELS

est fendue.

DU MÊME AUTEUR

Aux Éditions Gallimard

A. O. BARNABOOTH : ŒUVRES COMPLÈTES (Le Pauvre Chemisier, Poésies, Journal).

FERMINA MARQUEZ.

ENFANTINES.

AMANTS, HEUREUX AMANTS... *précédé de* BEAUTÉ, MON BEAU SOUCI... *et suivi de* MON PLUS SECRET CONSEIL...

CE VICE IMPUNI, LA LECTURE : Domaine anglais.

JAUNE, BLEU, BLANC.

ALLEN.

TECHNIQUE.

AUX COULEURS DE ROME.

CE VICE IMPUNI, LA LECTURE : Domaine français.

SOUS L'INVOCATION DE SAINT JÉRÔME.

ŒUVRES COMPLÈTES (10 volumes).

JOURNAL 1912-1935.

LES POÉSIES D'A. O. BARNABOOTH *suivi de* POÉSIES DIVERSES *et des* POÈMES D'A. O. BARNABOOTH *éliminés de l'édition de 1913* (coll. Poésie).

ŒUVRES (Bibliothèque de la Pléiade, 1 vol.).

LE CŒUR DE L'ANGLETERRE *suivi de* LUIS LOSADA (*textes établis, présentés et annotés par* Frida Weissman).

VALERY LARBAUD ET G. JEAN-AUBRY : CORRESPONDANCE (N.R.F., 1971).

Cet ouvrage a été composé
et achevé d'imprimer par l'Imprimerie Floch
à Mayenne, le 14 octobre 1987.
Dépôt légal : octobre 1987.
1er dépôt légal dans la même collection : novembre 1972.
Numéro d'imprimeur : 26030.

ISBN 2-07-036225-6 / Imprimé en France